제딧

글을 쓰고 이야기를 그리며 순간을 기록하는 일러스트레이터. 꾸준함의 마법을 믿기에 매일매일 빠뜨리지 않고 그림을 그리며 글을 쓴다. 스쳐 지나가는 꿈과 일상에서 아름다운 순간을 발견하는 데 몰두하며 색채와 이야기를 통해 보는 이에게 따뜻한 감정을 전달하고 싶어한다. 따뜻한 이야기, 밤하늘의 달과 별, 구름이 흘러가는 모습을 지켜보는 것을 좋아한다. 지은 책으로는 《모든 것이 마법처럼 괜찮아질 거라고》가 있다.

@9jedit

연애의 결말

이 도서는 한국출판문화산업진흥원 《2019년 출판콘텐츠 창작지원사업》의 일환으로
국민체육진흥기금을 지원받아 제작되었습니다.

폴앤니나 소설 시리즈 003

연애의 결말

김서령 소설집
제딧 그림

✳ 폴앤니나

내내 반짝이고 반짝일 나의 우주에게

이 도서의 국립중앙도서관 출판예정도서목록(CIP)은 서지정보유통지원시스템 홈페이지 (http://seoji.nl.go.kr)와 국가자료공동목록시스템(http://www.nl.go.kr/kolisnet)에 서 이용하실 수 있습니다. (CIP제어번호:CIP2020003445)

차례

어떤 일요일에 전하는
안부 인사⟋

만년필을 만드는 회사에서 10년을 꼬박 일한 현하가 북카페를 개업했다는 소식에 우리는 우우 설레발을 쳤다. 찻집에 앉아 두시간을 떠들면 그중 한시간 반은 "다 때려치우고 카페나 할까?" 하는 이야기였고 사케집에 앉아 세시간을 떠들면 그중 두시간을 "카페는 아무나 하나. 다들 망하는 세상인데." 하면서 아직 열지도 않은 카페의 도산을 미리 걱정할 만큼, 우리에게 카페는 로망이었다. 서울 생활을 접고 과감히 대구로 떠난 현하를 만나러, 나는 지연을 조수

석에 태우고 핸들을 잡았다.

　주말 휴식을 포기하고 주유비도 들인 데다 지연과 나는 봉투도 준비했다. 그리고 하룻밤 묵을 호텔비까지 치렀는데 우리는 현하에게서 밥도 한끼 얻어먹지 못했다. 물론 내 탓이었다. 지연이 나를 흘겨보았다.

　"아주 쟤 기분을 조근조근 망쳐놓는군!"

　당연하지만 나는 그럴 생각이 없었다. 그저 조금 참견을 했을 뿐이었다.

　"커피값이 싸네. 서울에 비하면."

　내 말에 현하가 빙긋이 웃었다. 단추를 세개나 푼 가볍고 흰 리넨셔츠 깃 사이로 아주 살짝 그녀의 가슴골이 드러났다. 오후 2시까지는 모든 커피가 2천원이었고 이후의 시간에는 4천원. 현하가 웃음기를 거둔 건, 내가 눈으로 테이블을 세고 있다는 걸 눈치챈 직후였다. 모두 열한개의 테이블이었다. 함부로 매출액을 어림짐작하고 있는 내가 몹시 불쾌한 모양이었다. 나는 회전율을 계산했다. 빤했다. 적어도 1년 안에 현하는 두 손 반짝 들고 부동산 중개업자에게 하루가 멀다고 전화를 넣을 것이었다. 아직 사려는 사람이 없나요, 하고 말이다.

　무엇보다 북카페라고 하기엔 정말이지 형편없는 책들이 거슬렸는데, 지나도 너무 지난 자기계발서와 에세이집, 달달한 핑크커버 소설들은 아무래도 서울의 제집 책꽂이에 있는 것들을 그냥 쓸어왔던가, 아니면 폐업한 도서대여점 물건을 인수한 것 같았다. 한쪽 벽면을 책꽂이로 만들었지만 그나마도 채우지 못해 책 한칸, 화분 한칸, 잡지 세칸…… 그런 식이었다. 게다가 콘센트의 어정쩡한 위치라던가 책을 읽기에는 턱없이 낮은 조도, 몇달 전 아무 공장에서 막 떼어온 것처럼 말라빠진 쿠키 등은 정말 별로였다.

　테이블 회전율과 책 이야기는 하지 않았지만 콘센트며 조명, 쿠키 이야기를 꺼낸 것뿐인데 현하는 그만 토라져서 주방에 처박혀버렸다.

　"좀 닥쳐줘. 이러다간 저녁도 못 얻어먹겠어."

　나는 잠시 입을 닫았다.

　지연은 현하를 겨우 데리고 나왔다.

　"우리 오늘 돼지막창 먹어야지. 쏘맥이랑. 대구에 왔으니까."

　지연이 호들갑을 떨었지만 여태 부아가 덜 풀린 현하는

시큰둥했다.

"괜찮은 데가 있으려나? 막창집은 나도 잘 몰라서."

내가 또 알은체를 했다.

"여기서 몇 블록 지나면 자갈마당이지? 거기 근처에 맛
있는 막창집 있어."

현하가 나를 쳐다보았다.

"자갈마당이 뭐야?"

나는 현하가 정말 몰라서 그러는지, 알면서 모르는 척을
하는지 알 수 없어 잠깐 머뭇거렸다. 지연도 내 대답을 기
다리며 빤히 바라보았다.

"창녀촌."

현하와 지연의 표정이 뜨악해졌다.

"몰랐어? 이 동네, 진짜 그걸로 유명한 덴데?"

둘의 얼굴이 착잡해져서 나는 부랴부랴 설명을 했다.

"우리 학교 때도 배웠잖아. 황석영, 삼포 가는 길. 거기
나오는 백화가 얘기도 하는데. 이거 왜 이래? 나 백화는 이
래 봬도 인천 노랑집, 대구 자갈마당, 포항 중앙대학, 진
해…… 진해는 잘 기억이 안 난다. 어쨌거나 나 백화는 그
런 데 다 거친 년이다, 뭐 그런 대목. 거기 나오는 자갈마당

이 이 동넨데. 진짜 몰랐어?"

　말을 잘못 꺼낸 것 같았다.

　"이 동네가 창녀촌이라고?"

　현하는 모욕당한 표정이었다.

　"그러니까 내가, 창녀촌에다가 가게를 낸 거라고?"

　자갈마당 유곽은 사라진 지 이미 오래였다. 돼지막창은
질겼다. 10년 전쯤엔 참 고소하고 맛있었는데. 그때 가격
에 비한다면 두배도 넘게 올랐는데 두배 넘게 맛있어져야
할 막창은 그저 그랬고 지연과 나는 맥주와 소주를 섞어 마
셨다.

　"아니, 자갈마당 동네라는 게 왜 걜 화나게 한 거지?"

　"닥쳐."

　"이상하잖아. 별걸 갖고 다 화를 내."

　"닥치라고요, 좀."

　현하가 따라오지 않은 돼지막창집에서 나는 지연에게
욕만 먹었다. 그래도 지연은 내가 섞어주는 쏘맥이 제일이
라며 홀랑홀랑 잘도 마셨다. 심하게 토라진 현하가 걱정되
었지만 쏘맥 네잔을 마신 지연이 도리어 나를 위로했다.

"걔가 좀 발끈거리긴 하지. 내일 가서 냉면 사주자. 금방 풀 거야."

막창은 불판 위에서 까맣게 그을었다. 말간 콩나물국만 떠먹으면서도 오랜만에 떠나온 여행이 좋아 우리는 자꾸 웃었다.

자갈마당에 대해 아는 척을 하기는 했지만 나도 사실 유곽 골목 안으로 들어가본 적은 없었다. 동네 모퉁이에 차를 세우고 그를 내려준 것뿐이었다. 지연과 호텔 방 침대에 누워 아무리 기억을 더듬어도 그의 이름까지는 기억나지 않았다. 큼직한 눈과 까무잡잡했던 피부, 그리고 땅땅하고 굵은 팔뚝도 선명하게 떠오르는데 이름은 도무지 모르겠다. 한달에 한번은 꼭 자갈마당에 들르던 사람이었다. 항상 술을 마신 이후여서 자주색 스쿠터를 몰고 갈 수는 없었다. 그래서 그의 월급날이면 내가 직접 그곳엘 데려다주었다.

"잘 다녀오세요, 부장님."

차에서 내리는 그에게 그렇게 인사를 했다. 히죽 웃으며 내리던 남자. 그를 부장님,이라고 불렀던 일도 나는 침대에 누워서야 기억해냈다. 그럴 만도 하다. 오래되었으니까. 현하의 카페가 이 근처가 아니었다면 한참은 더 잊고 지냈을 일이었다.

　요사이는 이상하게도, 지나간 이들이 까닭 없이 떠오를 때가 많았다. 그립지도 않은데 말이다.

　그때 나는 승호에게 매일매일 사랑을 고백했다.
　승호도 나에게 그랬다.

　이러다간 노량진 귀신이 될 것만 같았다. 교사 임용시험을 준비 중이던 나는 매일 학원에서 마주치고 식당에서 마주치는 초등 동창, 중학 동창, 고교 동창들에 질려버릴 지경이었다. 다들 눈이 퀭해서는 한달에 두번쯤 만나 대패삼겹살을 굽기도 하고 별 이유도 없이 끌어안고 꺼이꺼이 울기도 했다. 그러고서는 속을 다 들켜버린 게 분하고 창피해서 몇달을 피해 다녔다. 나보다 학점이 훨씬 낮았던 지연은 애초 임용시험을 접고 대기업 비서실에 입사했고 규모는 크지 않은 회사였지만 현하도 만년필 회사에서 그럭저럭 월급을 받았다. 대학 동기 중 나만큼 인생을 허비하는 친구도 없는 것 같았다. 이 길이 아니었어, 이게 아니었던 거야! 나도 방향을 틀었어야 해!

그런 와중에 승호를 만난 건 나에게 구원 같은 일이었다. 초등학교 시절, 졸졸 나를 따라다니던 개구쟁이 승호는 아주 멀끔한 청년으로 자라 있었다. 그에게도 내가 구원이기는 마찬가지였다. 볼것없는 삼류 지방대를, 거기다 쓸데없이 대학원까지 졸업하고 승호는 막 제대를 했던 참이었다. 스물여덟살이었지만 취업은 요원했다.

"아우, 이 시발놈의 새끼. 제발 내 눈앞에서 좀 꺼져버려. 아우, 복장 터져!"

승호 어머니는 그의 얼굴을 볼 때마다 욕을 했다. 아무것도 할 줄 모르는 스물여덟살, 키 크고 잘생기기만 한 아들이 그렇게까지 미워질 줄 몰랐던 거다.

그래서 우리는 열렬히 사랑만 하기로 했다. 사랑 이외의 것들은 하나도 행복하지 않았으므로 우리의 선택은 어쩌면 당연했다. 나는 서울에, 그는 대구에 살고 있었지만 그런 것은 문제되지 않았다. 노량진에 있는 대학을 나와 스무살 적부터 스물여덟살이 되도록 노량진을 떠나본 적 없던 나는 미련 없이 방을 뺐다.

결혼을 하겠다고, 그러니 돈을 내놓으라고 말짱한 얼굴로 이야기하는 두 백수를 두고 양쪽 어머니들은 처음에 말을 잇지 못했다. 아니, 한마디씩은 했다. 우리 엄마의 입에서는 "미친년"이, 승호 어머니의 입에서는 "미친 새끼"가 나직이 흘러나왔으니 말이다.

승호와 나는 보증금 3천만원에 월세 120만원짜리 카페를 얻겠다는 야무진 사업계획서를 양쪽 어머니들에게 내밀었다. 대학가의 해 잘 드는 2층 점포라는 것, 아래층이 그 동네에서 가장 손님이 많은 갈빗집이라는 것을 부각하며 어머니들을 설득했다. 승호 어머니가 먼 데를 보며 크지 않게 중얼거렸다.

"또라이 새끼들. 갈빗집에 손님 많은 거랑 2층에 점빵 내는 거랑 무슨 상관이라고."

우리 엄마는 못 들은 척하고 앉아있었지만 전격 동의하는 얼굴이었다.

하지만 아주 무모한 시도는 아니었다. 동갑내기 우리의 아버지들도 동갑내기였다. 그러니까 막 55세 정년퇴직을 한 직후였다는 말이다. 같은 회사, 같은 직급, 같은 근속연수를 가진 아버지들의 퇴직금 통장에서 각각 3천만원씩 갹

출하기까지 시간은 제법 걸렸지만 우리는 끝내 성공했다. 집값이나 혼수 같은 가욋돈은 일절 받지 않겠다는 약속을 걸고서였다. 미안한 일이지만 우리는 카페 계약서에 도장을 찍은 이후에 각각 천만원씩 더 얻어내야 했다. 조금만 손보면 될 것 같았던 인테리어 비용도 슬슬 부풀었고 성능이 달리는 에어컨도 새로 사야했기 때문이었다. 간판도 바꾸고 커피잔을 사고 재료들도 들였다.

양쪽 집이 말도 안 되는 그런 강탈을 눈감아준 건 맏딸, 맏아들이 백수인 채로 결혼을 하는 남세스러운 상황을 만들지 않기 위해서였다. 하지만 우리는 모든 경제적 지원의 전제조건, 결혼을 당장 할 수는 없었다. 집도 없고 혼수비용도 없었기 때문이었다. 일단 돈을 번 다음에 하기로, 승호와 나는 마냥 신이 나서 그렇게 미루었다.

식품 도매상에는 희한한 것들이 많았다. 초콜릿 칩을 커다란 봉지 가득 사도 얼마 하지 않았고 빛깔도 고운 과일 페이스트가 천지라 제철과일 일일이 깎아가며 생과일주스를 만들 필요도 없어 보였다. 딸기페이스트와 키위, 자몽, 레몬까지 우리는 열심히 사다 날랐다. 개업선물로 나누어줄 마스크팩을 주문하고 유리잔과 머그잔들을 윤이 나게 반들반들 닦아두며 승호가 문득 물었다.

"커피 내릴 줄 알아?"

나는 말가니 승호의 얼굴을 바라보았다.

"승호 너, 할 줄 몰라?"

서빙 아르바이트조차 해본 적 없는 한심한 카페 주인 둘은 한동안 말을 잇지 못했지만 그조차도 큰 걱정거리는 아니었다.

"괜찮아. 커피머신 회사에 물어보면 잘 알려주겠지, 뭐."

내 말에 승호가 도로 즐거워했다. 여대 앞이었으므로 깨끔하게 생긴 남자 아르바이트생도 둘이나 구한 후였다. 카페가 잘되지 않을 이유는 하나도 없어 보였다. 꽁꽁 언 아이스크림을 스쿱으로 동그랗고 예쁘게 푸는 일은 아직 성공하지 못했지만 그런 것쯤이야.

상인연합회 회장이라는, 길 건너 카페 사장이 오픈 전날 찾아왔다. 우리는 고개를 꾸벅 숙여 공손히 인사했다.

"점심 메뉴를 안 팔면 유지가 안 될 텐데?"

그 동네 카페들은 어디나 점심 메뉴를 팔았다. 고추장불고기덮밥, 돈가스, 새우파스타, 치킨도리아, 또…… 어쨌거나 어디나 같은, 짬뽕 메뉴들이었다. 우리는 초조해졌다.

"커피가 밥값에 포함되는데, 누가 차만 마셔? 점심은 팔아야지."

승호와 나는 그렇게 중요한 팁을 반말로 찍찍 나누어준 상인연합회 회장이 고마워서, 델몬트 바나나를 세송이나 선물로 쥐여주었다.

"바나나는 우리 가게에도 많은데."

옆구리에 바나나를 끼고 나가며 그가 웃었다.

우리는 별수 없이 주방 아주머니를 구해야 했다. 뚱뚱하고 손이 느린 첫번째 아주머니는 양배추를 다듬다가 주방이 좁아서 도저히 일을 못 하겠다며 두시간 만에 가버렸다. 두번째 아주머니도 다를 바 없었다. 테이블 여덟개의 작은 카페에서 두시간 동안 백그릇을 만들어내야 한다는 걸 우리는 미처 몰랐다. 두구짜리 가스레인지 한쪽의 기름솥에서 거뭇거뭇 탄 돈가스를 꺼내고 다른 쪽 프라이팬에서 오징어를 볶다가 신경질을 잔뜩 부렸다. 주방 옆 카운터에 앉은 나는 아주머니의 신경질에 초조해져 발가락을 내내 꼼지락거렸다.

아주머니는 사흘째 되던 날 나타나지 않았다. 대신 전화를 걸어와 계좌번호를 알려주었다.

"이틀 일한 거 여기로 입금하시고요. 그리고 젊은 사장, 내 한마디 충고하겠는데 거기선 누구도 일 못 해. 좁아서 재료도 못 쌓아놔. 둘을 쓴다 해도 주방에 설 자리도 없고. 그냥 커피나 팔아요."

승호는 하루에도 몇번씩 인력회사에 전화를 걸었다. 주방을 넓힐 도리도 없었고 이러다간 여대 앞 카페 중 매출 꼴찌를 기록할 게 뻔했다. 그때 나타난 이가 조부장이었다.

"프라이팬 제일 큰 걸로 다섯개. 칼도 바꿔. 이런 걸로 뭘 썬다고."

그는 새로 사야 할 물건들과 각종 음식 재료들을 종이에 쭉 적어내리더니 전화번호 하나를 건네주었다.

"여기다 전화해서 조부장이 쓸 물건이라고 하쇼."

부장님,이라고 불러야 하는구나. 적당한 호칭을 찾아내 승호와 나는 안도했다.

짧게 깎은 머리와 단단해 보이는 근육, 그리고 붉고 검은 피부의 남자였다. 그리고 서른세살이었다. 다음 날부터 출근을 약속한 그는 스쿠터 키를 들고 나가며 한마디했다.

"주방이 좁아. 일하기가 쉽지 않아. 월급은 20만원 올려 줘야 해. 대신 나는 안 쉬어."

승호가 얼결에 먼저, 그리고 곧이어 내가 끄덕였다. 거절할 형편이 아니었다.

　지연은 미니바에서 맥주를 두캔 꺼냈다. 분명 트윈베드를 예약했는데 프런트에서는 더블밖에 남지 않았다며 미안해했다. 오랜 시간 누군가와 침대를 나누어본 적 없는 나와 지연은 깊이 잠들지 못하고 도로 깨어났다.

　"그때 내가 결국 그 카페엘 못 가봤지?"

　곧 갈게,라는 약속을 스무번도 더 했지만 지연은 오지 못했다. 대리로 막 진급했던 지연은 몹시 바빴고 즐거웠고 도도했다. 엄마를 졸라 얻어낸 돈으로 오픈한 친구의 카페가 그리 궁금하지 않았을 것이다.

　지연이 한번도 와보지 않은 카페에 대한 이야기를 자주 나눌 일이 없어 나는 그 시절을 빨리 잊었다. 어떤 일들은 예상보다 더 빨리 잊혔다.

　"내일 서울 가기 전에 한번 들러볼까?"

　지연의 말에 가슴에서 뭔가 콩, 떨어지는 소리가 난다.

　"없어졌을 텐데, 뭐. 대학가 카페란 게 오래 남거나 하지 않잖아."

보고 싶지 않다. 마냥 때 탄 채로 남아있다면 올칵 눈물이 날지도 몰랐다. 비껴간 시간은 그냥 두어야지.

맥주는 시원했다. 이럴 줄 알았으면 호텔 근처 편의점에서 몇캔 사올걸. 내일 아침 체크아웃을 하면 턱도 없이 비싼 맥줏값에 투덜거리게 될 것이었다. 잠이 오지 않았다.

"근데…… 그건 정말이야. 그렇게 맛있는 고추장불고기덮밥은 먹어본 적이 없다니까."

나는 맥주를 한캔 더 땄다. 그가 해주는 고추장불고기를 옆에 두고 소주 한잔 딱 하고 싶었다.

"배우지 그랬어? 자기 비법이라고 막 감추고 그래?"

지연의 질문에 나는 고개를 도리도리 저었다.

휴무는 필요 없다고 했지만 조부장은 멋대로 결근을 했다. 그래서 승호와 나에게 틈날 때마다 조리법을 가르쳤다. 하지만 그가 미리 양념해놓은 고기를 써도 우리 손에서는 그 맛이 나지 않았다.

생각해보면 그건, 그가 불 위에서 프라이팬을 젖히는 각도, 재료가 주걱에 닿는 빈도, 그리고 다 익은 음식이 차가운 접시에 담기는 속도, 그런 것의 영향이었을는지 모른다. 일테면 따라 할 수 없는 조부장의 리듬감 같은 것.

아까 돼지막창을 남긴 건 잘못한 거다. 뒤늦은 허기에 나는 맥주만 꿀꺽꿀꺽 들이켰다.

"이 맥주 도대체 얼마야?"

지연이 미니바 부근을 뒤져 가격 리스트를 찾아냈다. 그녀의 표정이 잔뜩 구겨졌다. 나는 못 본 척했다.

나는 아직도 놀랍다. 어떻게 그 좁은 주방에서 순식간에, 맥락도 없이 가짓수만 숱한 음식들을, 주문한 순서도 뒤섞이지 않고, 그렇게 맛깔나게 만들 수 있었는지 말이다.

그는 점심시간이 되기 한시간 전쯤 출근해 각종 채소를 채 썰고 기름솥을 달구었다. 그러고는 첫 주문을 받을 때 소주병을 땄다. 그에게 주어진 것은, 가격을 안다면 차마 입에 넣기도 망설여질 만큼 값싼 돼지 뒷다릿살과 몇달은 냉동실에서 얼어있었을 오징어, 하도 두들겨 그저 얄팍하기만 한 중국산 돈가스였다.

성분표시도 되어 있지 않은 치킨스톡을 한스푼 떠넣은 그라탱에서는 믿을 수 없을 만큼 고소한 닭고기 향이 났고, 정말 딸기가 들기는 했는지 알 수 없는 싸구려 딸기시럽을 마요네즈에 섞었을 뿐인데도 샐러드는 말도 못하게 상큼하고 신선해졌다. 한 손으로 기름솥에서 자글자글 끓는 돈가스를 꺼내고 한 손으로 프라이팬을 흔들어 오므라이스를 잘 덮고, 또 어디선가 나타난 한 손으로 그는 소주잔을 채워 입에 털었다.

두시간 동안 그는 백그릇을 만들었고 얼마 지나지 않아 백오십그릇을, 또 이백그릇을 만들었다. 소주는 딱 두병으로 끝냈다. 마지막 메뉴가 나가고 나면 그는 자그마한 목욕탕 의자를 끌어놓고 잠시 쉬었는데, 그럴 때면 가뜩이나 붉은 얼굴에 열기가 올라 그의 얼굴은 터질 것만 같았다. 주방 입구에서 그를 말끄러미 바라보며 나는 이유도 없이 코끝이 찡해지곤 했다. 정말 이유는 없었다.

점심시간이 끝나고 나면 조부장의 할 일은 그리 많지 않아 다음 날 쓸 재료를 주문하고 채소들을 다듬으면 그만이었다. 오후 서너시면 퇴근해도 되었지만 아마 한번도 그런 적은 없었을 것이다.

얌전하기만 한 아르바이트생을 앉혀놓고 밑도 끝도 없는 잔소리를 늘어놓거나 삼선당 가루를 잔뜩 뿌린 깍두기를 담그기도 하고 부추김치도 담갔다. 냉동 홍합살 몇알과 오징어 다리를 넣어 끓인 라면을 먹을 때면 어김없이 깍두

기와 부추김치를 한접시씩 내왔는데, 그 달큼한 김치맛은 카페 문을 닫고도 몇년이 지나도록 내 혀를 간질였다.

그는 생과일주스를 내기 위해 사온 유리잔에 소주를 부어 테이블에 앉았다. 노가리도 어찌나 쫀득하게 잘 굽는지 나는 종종 그의 맞은편 자리에 앉아 낮술에 함빡 취했다. 어린 단골손님들에게 농지거리도 던지면서 그는 느릿느릿 밤 11시, 카페 문을 닫을 때까지 집에 돌아가지 않았다.

손님이 많든 적든 카페 일은 지루했다.

신내와 단내를 번갈아 맡으며 음료를 만들어내는 일도, 별것도 아닌 걸로 수선을 떠는 유치한 여자아이들을 쳐다보는 일도 싱거워졌다.

승호는 그래서 문을 닫고 나면 근처의 찜닭집에 가거나 가끔은 시장으로 나를 데려갔다. 상인들이 좌판을 거둔 밤이면 붉은 포장을 치고 장어를 팔거나 해삼과 멍게를 파는 곳이었다. 조그만 플라스틱 의자를 깔고 앉아 소주 한잔씩 마실 수 있었다.

조부장은 스쿠터를 카페 앞에 세워놓고 우리를 따라나섰다. 해삼 한마리와 멍게 두마리를 썰어주는 주인에게 조

부장이 꽥 소리를 지르면 멍게 한마리가 더 올라왔다. 물이
좋니 안 좋니 투덜거리며 홍합탕 정도는 마음대로 한대접
씩 퍼오는 바람에 창피하기도 했지만, 승호와 나는 조부장
이 마음껏 으스대도록 내버려두었다. 그래야만 다음 날 제
시간에 출근했고 일할 때 짜증을 덜 부렸기 때문이었다.

"부장님은 결혼 안 하세요?"

내가 물으면,

"나 같은 놈하고 누가 결혼을 해줘? 집이 있어, 돈이 있
어, 그렇다고 배운 게 있길 해?"

무심하게도 툭툭 뱉었다. 그럴 때면 그의 짙은 눈썹이 경
련처럼 짧게 흔들리곤 했는데 하긴, 이런 남자는 무서워서
라도 같이 살기 힘들겠구나, 생각했다. 무엇보다 조부장은
손버릇이 나빴다.

몸매가 호리호리한 남자 아르바이트생은 여자아이들에
게 인기가 좋았다. 접시를 내려놓다 보면 여자아이들은 아
르바이트생에게 전화번호를 물었다. 콧대 높은 아르바이트
생은 주방으로 들어와 픽 코웃음을 치면서도 여자아이들이
일러준 전화번호를 일일이 저장했다.

"이게 다 사장님을 위한 거라고요. 제가 이런 거 잘 받아

쥐야 장사 잘되니까."

　그래서 승호는 아르바이트생의 생일날 보너스도 두둑이 챙겨주었다. 그런 녀석의 머리통을, 조부장이 어느 날 내리쳐버렸다. 주문받은 순서대로 제대로 서빙을 하지 못했다는 이유였다. 말릴 틈도 없이 조부장이 주방에서 달려나와 프라이팬으로 퉁, 가격했는데 녀석은 여자아이들이 다 쳐다보는 앞에서 기절했다.

　그날 마무리를 어떻게 했는지는 기억나지 않는다. 앰뷸런스까지 부르지는 않았던 것 같은데. 아르바이트생에게 가장 큰 관심을 보였던 주근깨쟁이 유아교육과 여자아이가 비명을 지르며 울었던 건 생각난다. 우리는 조부장도 필요했고 잘생긴 아르바이트생도 필요해서 늘 조마조마했다. 뒤통수에 주먹만 한 혹을 단 아르바이트생에게 마음 풀라며 아마 몇만원 찔러줬겠지.

　승호와 나는 점심 손님들이 들이칠 시간까지도 출근하지 않는 조부장을 데리러 그의 집을 몇번 찾아간 적이 있었다. 엇비슷한 골목길을 돌고 돌면 그의 자주색 스쿠터가 눈에 들어왔다. 그의 방으로 들어가는 조그만 은색 쪽문은 벽에 붙은 달력 종이 같았다. 탕탕탕, 몇번 두들기면 황소개구리 울음 같은 소리를 내며 문이 열렸다. 수도꼭지 달랑 하나 달린 부엌이 있고 그의 방이었다. 여자를 데려온 적 없는 월세방. 술이 덜 깨어 눈도 겨우 뜬 그를 달래 데리고 나오곤 했다.

조부장은 월급날이면 자갈마당엘 갔다. 때가 되어 목욕탕에 가는 사람처럼 그는 덤덤하게 일어났다.

"갔다 올게. 가게 문 잘 닫고 가라."

"부장님, 같이 나가요. 모셔다드릴게요."

"뭐 그러든지."

막상 자갈마당 근처에 오면 그는 차를 세웠다.

"그만. 여기까지만. 걸어갈란다."

유곽을 한번도 가까이서 본 적 없는 나는 내심 골목까지 들어가고 싶었지만 그건 왠지 예의가 아닌 것 같았다.

그의 말대로 차를 세우고 승호와 나는 돌아갔다. 그는 허정허정 걸어 사라졌다. 희한하게도 그가 사라지는 풍경은, 무지근했다.

나는 자꾸 지루했고, 해 잘 드는 자리에 노트북을 펼쳐놓고 졸거나, 뜬금없게도 교육학 책을 들여다보거나 했다. 이

렇게 살아도 되는지 알 수 없어서였다. 지레 겁먹은 것인지도 몰랐다. 승호도 나에게 고백한 적은 없었으나 비슷한 심정이었을 것이다. 그도 나처럼 어렸으니 말이다.

양쪽 부모님들은 볼 때마다 재촉했다. 결혼을 전제로 돈을 뜯어가놓고서 둘 다 모른 척하고 앉았으니 울화가 치밀만도 했다.

조부장은 쉴 새 없이 사고를 쳤다. 에어컨 필터를 털고 있는 아르바이트생을 이유도 없이 뒤에서 걷어찼다가 화가 폭발한 녀석과 싸움이 붙었고 엎치락뒤치락하던 끝에 옆에 세워둔 남의 차를 부숴버렸다. 둘 다 파출소에 붙들려 갔고 나와 승호는 박카스 상자를 들고 찾아갔다. 피가 철철 흐르는 얼굴로 아르바이트생은 우리를 보자마자 그만 울음을 터트렸다. 그동안 어지간히도 참았던 모양이었다.

결국 녀석이 그만두고 여자 아르바이트생이 들어왔을 때 또 어쩌자고 자꾸만 엉덩이를 만지려 들었다. 여자 아르바이트생이 신고를 하겠다고 몇번이나 전화기를 들어서 나는 정말이지 돌아버릴 지경이었다. 급기야 그녀의 아버지가 찾아와 카운터의 금고를 바닥에 메다꽂았고 조부장의 턱을 두번 갈겼다. 나도 함께 갈겨버리고 싶었지만 당장 조부장 없이 점심시간을 버텨낼 재간이 없어서 전자레인지에 넣어 따뜻하게 데운 수건을 그의 턱에 대주었다.

"파출소 단골손님 하실 생각이세요?"

"부장님 때문에 저희가 동네에서 얼굴을 들고 다닐 수가 없어요."

우리의 말에 민망했는지 조부장은 아무 말 하지 않았다. 승호는 망치로 찌그러진 금고를 두들겼지만 쉽게 펴지지 않았다. 금고 서랍은 이후 열 때마다 요란하게 삐걱거렸다.

현하는 삐죽이기는 했지만 금세 마음을 풀었다. 나는 설거지물 같은 평양냉면을 정말 싫어했지만 현하를 위해서 기꺼이 함께 먹었다. 녹두전도 수육도 작은 걸로 하나씩 주문했다.

"미안. 나 완전 재수 없었지? 진짜 미안."

그녀 옆에서 나는 헤벌쭉 웃었다. 현하가 눈을 흘겼다.

"오래오래 북카페 잘해. 자주 놀러올게."

지연의 말에 냉면 그릇을 들고 육수를 훌훌 마신 현하가 말했다.

"난 있잖아, 잘살 거야. 그래야 하거든."

"그럼. 그래야지."

지연이 냉면 가닥을 앞니로 끊으며 대답했다.

"내가 이제껏 한 일이라곤 만년필 회사를 10년 다닌 거랑 결혼을 한 거밖에 없어. 그런데 이제 둘 다 쫑났잖아. 그러니 나는 아무것도 안 한 여자란 말이야."

무슨 소리냐고, 그런 게 아니라고 말을 해주어야 하는데 지연과 내가 선뜻 그러지 못하고 어버버버, 할 말을 찾는 사이 현하가 말을 이었다.

"그래서 난…… 뭐라도 해야 해. 그것도 잘."

지연과 나는 그저 끄덕였다.

무슨 말을 해야 할지 잘 모를 때 상대가 더 많은 말을 해주면 그것만으로도 안심이 되었다.

현하를 북카페에 데려다주고 우리는 차를 돌렸다. 주말이라 서두르지 않으면 고속도로가 꽁꽁 막힐 거였다. 내비게이션에 서울 주소를 입력하고 핸들을 잡았다. 꼭 그러고 싶었던 것은 아니었는데, 나는 일부러 길을 잘못 들었다. 조금만 돌아가면 그 카페가 보일지도 몰랐기 때문이었다. 가까이서 들여다볼 생각은 없고 그냥 잠시, 스쳐가는 건 괜찮지 않을까. 내비게이션이 길을 잘못 들었다고 재재거렸지만 지연은 다행히 개의치 않았다.

　월급날이 되려면 한참 남았는데 조부장이 멋쩍은 얼굴로 말을 꺼냈다.
　"나, 가불 좀."
　"얼마나요?"
　조부장이 짧게 대답했다.
　"60만원."
　화들짝 놀랐다. 다른 주방장들보다 월급은 많은데 도통 쓸 일이 없다며 단골 여자아이들에게 추근대기나 하던 사람이 가불을 60만원이나 해달라니, 큰일이라도 생겼나.
　"무슨 일 있어요?"
　조부장이 그답지 않게 우물쭈물했다. 승호도 바짝 다가앉았다.
　그러니까 그는 사랑에 빠진 거였다. 자갈마당 유곽에서 만난 여자에게 말이다. 놀이동산에 한번도 가보지 못한 그녀를 꼭 데려가 주겠다고 약속을 했단다. 그녀를 하루 밖으로 데리고 나오는 비용이 60만원이라고 했다.
　승호와 나는 한동안 말을 하지 못했다.

"저기 부장님…… 그건 별로 좋은 일이 아닌 것 같고요."

그는 승호의 말을 잘랐다.

"미안한데, 60만원 꼭 해주라. 내가 꼭 그래야겠다."

조부장이 일어났고 나는 그의 등뒤에 대고 우물거렸다.

"차라리 듀오에 등록을 하시던가……"

나는 그 돈을 단 하루 유곽의 여자를 위해 쓸 거라는 사실이 하도 아까워 애가 말랐다. 승호는 그런 조부장을 이해할 것 같다고 했다가 몇분 지나지 않아 고개를 저으며 그럴 순 없다고 분개했고 또 풀 죽은 그를 보는 일이 안타까워 고민했다.

끝내 우리는 60만원을 내놓을 수밖에 없었다. 그는 처음으로 하루 휴가를 냈다. 승호는 제일 비싼 셔츠와 구두를 조부장에게 빌려주었다.

조부장과 그녀의 짧은 사랑이 끝난 연유에 대해 나는 잘 알지 못한다. 얘기를 들었지만 이제 잊은 것일 수도 있고 그가 입을 다문 것인지도 모르겠다. 오래된 일이다.

카페는 꼭 1년 만에 다른 사람에게 넘겼다. 권리금도 나쁘지 않게 받을 수 있었다. 결혼은 조금 더 생각해보아야겠다는 우리의 말에 양쪽 어머니들은 처음 카페를 시작하겠다고 했던 날처럼 반응했다.

"미친년."

"미친 새끼."

우리는 각자의 어머니에게 등짝을 열대씩 맞은 다음, 카페를 처분한 돈을 정확하게 반으로 나누어 가졌다.

조부장은 술에 취해 월세방으로 돌아가던 길에, 싸움질을 하는 고등학생들을 만났다. 고등학생들은 혀가 꼬인 채로 잔소리를 하는 그를 비웃었고 금세 뒤엉켜 바닥을 굴렀다. 고등학생 무리가 네명이었던가, 다섯명이었던가. 수세에 몰린 조부장은 손에 들고 있던 검은 비닐봉지 속 소주병을 꺼내 한 녀석의 머리통을 깨버렸다. 승호와 내가 파출소에 간 건 아마 그때가 마지막이었을 것이다.

"우리 이거, 너무 자주 만납니다?"

파출소장님의 말에 우리는 배시시 웃으며 박카스를 돌렸다. 그때쯤 그런 일은 몸에 배어 있었다. 나는 서울로 돌아와 다시 노량진 학원에 등록했다.

지연이 눈치채지 못하게 나는 천천히 대학가 근처로 차

를 몰았다. 한 골목만 더 돌면 카페 자리가 보일 것이었다. 이제 마흔네살이 되었을 조부장은 결혼을 했을까? 승호도 몇년 전 아기 아빠가 되었다던데.

승호와 내가 헤어지는 과정은 우리가 얼토당토않게 사랑에 빠졌던 일처럼 자연스러웠다. 사랑에 빠지는 일이 우리를 구원했던 것처럼 다시 구원받기 위해서는 이별도 필요했다.

조부장의 소식은 이후 한번도 들은 적 없다. 스쿠터는 더 타지 않겠고, 복잡한 골목길 월세방도 이제는 벗어났겠지. 자갈마당은 사라졌다. 조부장의 그녀는 어디로 갔을까.

골목 앞에서 나는 망설였다. 산뜻한 새 카페로 변신해 있다면 서운할 것이고 낡고 지쳐있다면 더 서운할 테지. 산다는 일에 어쩐지 눈이 끔벅끔벅해지는 일이 잦은 요즘이니 그냥 지나치는 편이 나을지 몰랐다.

스물여덟살 그때처럼 온갖 일에 호기심이 만발하지도 않으니 나는 그 골목을 쳐다보지 않기로 한다. 이름도 참 촌스러웠던 '카페 별'은 스물여덟살 그 시절에 그냥 두기로 한다. 어쩌면 그것이 나름대로, 한 시절에 안부를 전하는 방법이 될 수 있을 것이다. 게다가 오늘은 날도 화창한 일요일이니까.

"음악 좀 틀어봐."

내 말에 지연이 살풋 웃는다.

"뭘로 들을래?"

퐁당

정말이다. 그때 연정동에서는 내가 제일 예뻤다.

엄마는 노랗고 동그란 유치원 베레에 어울리도록 갈래머리를 낮게 묶어주었고 흙장난이나 땅따먹기에 관심이 없었던 나는 마당에 내어놓은 평상에 앉아 혼자 그림책을 보거나 마론인형의 머리를 빗겨주었다. 어디 예쁘기만 했을까. 나는 귀도 밝았다. 양쪽에 여섯 집씩 앉은, 모두 열두 집이 선 좁은 골목이었다. 동네 아버지들이 퇴근할 무렵이 되면 나지막한 지붕들 위로 주홍색 노을이 번졌고 어느 집에선가 갈치 굽는 냄새가 났고 어느 집 아줌마는 마당 텃밭에서 상추를 뜯고 고추를 땄다. 상추와 고추에서도 냄새가 났는지는 잘 모르겠다. 아무튼 냄새들 사이로 동네 아버지들이 자글자글, 자전거 바퀴 구르는 소리와 함께 돌아왔다. 나는 모두 열두대의 자전거 구르는 소리 중에서 아버지의 소리를 완벽하게 골라냈다.

"아빠다!"

평상에 앉았다가도 마루 끝에 앉았다가도 나는 아버지의 자전거 소리를 알아채자마자 슬리퍼를 꿰어신고 대문 밖으로 달려나갔다.

"귀가 새거라서 그래. 먼지 하나 안 앉은 새거거든. 그러니 저렇게 소리를 잘 알아듣지."

엄마는 그렇게 말했다. 하긴, 정말 새거였겠다. 고작 여섯살이었으니.

아버지가 주홍색 노을 진 하늘을 수십조각으로 갈라놓은 전깃줄 아래 자전거를 세워두면 나는 자전거 뒷자리에 매달린 아버지의 도시락 가방을 집어 들었다. 모서리가 다 해진 가죽 도시락 가방 안에는 사발면 한개씩이 늘 들어있었다. 공장에서 오후 간식으로 나누어주는 사발면을 아버지는 나를 위해 챙겨왔다.

　엄마는 물에 살짝 헹군 짠지를 잘게 썰어 참기름에 무쳤고 밥상머리에 앉으면 마루의 괘종시계가 딱 일곱번 종을 쳤다. 찬물에 밥을 말아 짠지 한조각 올려 먹던 연정동의 저녁 시간. 밥 대신 사발면을 먹겠다 우겨보지만 엄마에게는 씨알도 안 먹히던 그때. 내 이름은 연정이었다. 서울시 연정동 연정유치원에 다니는 김연정.

　어느 날 아버지는 사발면 대신 도시락 가방에 토끼를 넣어왔다. 믿을 수 없을 만큼 작고 귀여운 토끼 두마리였다. 얼마나 작았냐면, 한달쯤 키우다가 길고양이에게 물려 죽었을 때 200밀리짜리 우유갑에 토끼를 넣어 딸기밭에 묻어줄 정도였다.

　"아빠! 토끼가 어떻게, 아빠 가방, 안에, 있어?"

　너무 놀라 나는 말을 더듬었다.

　"우리 연정이랑 친구하라고 아빠가 데려왔지!"

　아버지는 창고에서 낡은 새장을 꺼내왔고 그 안에 토끼 두마리를 넣었다. 가끔 마당에 풀어놓기도 했는데 딸기밭과 채송화 화단을 뛰어다니는 토끼들을 볼 때면 그 광경이

하도 예뻐 혼자 우아우아 탄성을 지르곤 했다. 한마리가 고양이에게 물려 죽은 뒤에도 나는 슬픔에 빠질 겨를이 없었다. 아버지는 그날 저녁 퇴근길에 토끼 한마리를 새로 데려왔다.

옆집 꼬마가 우리 집 토끼를 부러워하자 옆집에도 토끼 두마리를 가져다주었고 뒷집 아줌마는 손 갈 일이 많다고 고개를 저었는데도 아버지가 토끼들을 데려다주었다. 급기야 온 골목 아이들 모두가 토끼를 키우게 되었다.

나중에야 알았지만 토끼들은 아버지가 다니던 공장에서 태어난 녀석들이었다. 돈도 벌 만큼 번 늙은 사장은 철공소를 이제 그만 자식들에게 물려줄까 고민도 했지만 자식들은 하나같이 야무진 데가 없었다. 늙은 사장은 시끄럽고 황량한 철공소가 매일매일 싫어졌다. 마냥 넓기만 한 철공소 마당에다 쓸데없이 나무들도 사다 심고 어울리지도 않게 벤치며 테이블도 곳곳에 놓았다. 그걸로는 성에 차지 않아 시멘트 바닥을 모조리 깨부수고 잔디를 깔았다. 백여명의 공장 직원들은 사장의 우울증을 걱정했다. 이러다 폐업이라도 해버리면 어쩌나.

"공장에서 토끼를 키워보면 어떨까요? 우리 공장은 마당도 넓으니까요."

의견을 낸 건 아버지였다. 늙은 사장의 얼굴이 한순간 밝아졌다. 잔디도 깔고 나무도 심은 마당을 숲처럼 뛰어다니는 토끼들을 상상하며 사장은 당장 토끼를 사들이라 설레발을 쳤다. 아버지는 토끼 스무마리를 사날랐다. 이후에 일어날 일들은 상상도 못 하고.

아버지는 토끼가 그렇게 새끼를 많이, 그리고 빨리 치는 동물인 줄 미처 몰랐다. 공장 분위기가 좋아졌다고 신이 났던 사장과 직원들은 몇달 사이 홀랑 넋이 빠지고 말았다. 공장을 드나드는 트럭에 치여 하루에 토끼가 열마리씩 죽어나가도 토끼의 숫자는 무서울 만큼 불어났다.

직원들은 또다시 늙은 사장의 우울증이 도질까봐 슬그머니 공장 대문을 열어놓았다. 공장 근처 도로마다 로드킬당한 토끼의 사체가 널브러졌고 민원이 빗발쳤다.

직원들은 퇴근할 때마다 도시락 가방 안에 토끼를 넣어갔다. 근처 식당에 토끼를 가져다주고 회식을 토끼고기로했다. 치킨집에도 토끼를 가져다주고 치킨 양념을 발라 맥주를 마셨다. 토끼를 잡는 수고비를 얹어주어야 했기 때문에 회식을 할 때마다 직원들은 투덜거렸다.

　농약을 친 줄도 모르고 케일 이파리를 한 보따리 얻어와 토끼들에게 다 돌린 동네 할머니 때문에 골목의 토끼들이 한꺼번에 죽어버렸을 때도 꼬마들은 별로 울지 않았다. 다음 날이면 우리 아버지가 토끼를 또 데려다줄 것을 알아서였다. 신선한 기획으로 칭찬받던 아버지는 주눅든 어깨를 제대로 펴지도 못했다.

　"공장에 무슨 일 있어? 왜 그래?"

　손톱 끝으로 콩나물 꼬리를 탁탁 끊어내며 엄마가 물었다. 저만치 날아가는 콩나물 꼬리를 하나씩 주우며 아버지는 한숨을 쉬었다.

　"토끼 때문에……"

　엄마는 애써 한심한 기색을 숨기며 콩나물 소쿠리를 들고 일어섰다.

　"내가…… 공장 그만두면 안 되는 거겠지?"

　고함을 빽 지르고 싶은 걸 겨우 참으며 엄마는 부엌으로 사라졌다. 내가 학교에 입학할 즈음이 되어서야 아버지는 더이상 토끼를 도시락 가방에 넣어오지 않았다. 그제야 토끼가 다 사라진 모양이었다.

연정유치원을 졸업하는 일은 조금 서러웠다. 노랗고 동그란 베레와 케이프, 그리고 노란 멜빵 반바지를 더 입을 수 없었기 때문이었다. 하얀 타이츠를 신고 그렇게 노란 차림을 하면 정말 귀여웠는데.

아버지는 빨간 모직 재킷에 감색 스커트를 입고 입학식에 가는 나를 쳐다보면서도 환하게 웃지 않았다. 그 무렵 아버지는 분명 이상했다. 내가 갑자기 아버지의 목을 뒤에서 그러안거나 문 뒤에 숨었다가 반짝 뛰어나가면 그야말로 화들짝 놀랐다. 아이고, 깜짝이야, 웃음을 크게 터트리는 아버지를 기대했지만 그러지 않았다. 아버지는 새처럼 놀라 몸을 떨었다. 아버지답지 않았다. 이불을 머리끝까지 들쓰고 가만히 누워있는 날이 많았고 가끔 딸기밭에 토했다.

나는 그때 아버지가 더는 귀엽지 않은 내 모습에 실망한 것이라고 생각했다. 갈래머리도 할 수 없게 깡똥하게 잘라버린 단발머리도 미웠다. 울어버리고 싶었지만 1학년이나 되었는데 그럴 수야 없었다. 시시하긴 했지만 받아쓰기 연습을 했고 산수 숙제도 매일 했다. 방바닥에 엎드려 연필을 굴리다 보면 어느새 잠이 들었고 그러다 보면 주홍색 노을이 지는 장면도, 동네 아버지들이 돌아오는 장면도 놓치기 일쑤였다. 전깃줄 사이로 새가 나는 광경도 잘 보지 못했다. 덩치가 커진 마지막 토끼 한마리가 마당을 느리게 뛰어다녔지만 눈길을 자주 주지는 않았다. 키가 커지면 다들 안 예뻐지고 사랑도 덜 받는다고 깨달아버린 일곱살이었다. 아버지는 이후로도 오래 우울했다.

나는 내가 그다지 예쁜 소녀로 자라지 않았다는 점에서 꽤 큰 충격을 받았지만 주변 사람들은 그저 심상하게 받아들이는 듯했다. 엄마와 아버지조차 그랬는데, 그들은 하나도 슬프지 않은 모양이었다. 세상의 예쁜 꼬마들은 대부분 평범하게 자랐고 36개월에 한글을 깨치건 아홉살에 깨치건 결국에는 대부분이 읽고 쓸 줄 알았고 열살이 지나자 아무도 노래나 춤을 시키지 않았다.

나는 대학을 졸업하고 방송국에 입사했으며 TV 동물 프로그램의 연출을 10년이나 했다. 그러는 동안 동물병원 의사를 백명쯤 만났다. 그리고 그중 한명과 연애를 했다.

"연구소 생각 중이야. 진지하게."

여름밤, 지호는 생맥주 한잔을 단숨에 들이켜고는 말했다.

"연구소? 그런 덴 싫다며?"

"별수 없잖아."

지호의 동물병원은 사정이 조금 심각했다. 두 블록쯤마다 동물병원이 있었고 임대료는 매해 따박따박 올랐다. 진료기기 할부금도 잔뜩 남아있었다.

"다른 병원에 취직하는 건 어때?"

내 말에 지호가 쓴웃음을 지었다.

"딴 덴 잘될 거 같아? 다 똑같지."

그가 내 방송에 출연하는 동안 병원의 매출은 잠깐 올랐다. 연애를 시작하면서 나는 지호를 섭외 대상에서 제외했다. 그건 좀 찜찜한 일이었으니까 말이다. 아쉬운 티를 한번도 내지 않았던 지호였지만 이런 식으로 몇달을 더 간다면 내 옷자락이라도 붙들고 출연시켜달라 조를지 몰랐다. 하지만 넉달 후면 우리의 결혼식이었다. 말이 날 일은 하지 않는 편이 좋았다.

"그렇다면 뭐…… 연구소에 들어가는 것도 나쁠 건 없으

니까."

"나빠."

뭐야. 진지하게 생각 중이라더니. 나는 뜨악해져서 지호를 바라보았다.

"연구소 가면 안락사…… 지치도록 한단 말야. 그거 정말, 나는 이제 싫어."

그렇겠지. 실험을 끝낸 동물들을 안락사시키는 일. 피할 수 없겠지. 하지만 지호는 이미 잊힌 출연자였다. 연출자의 약혼자라는 것을 스태프 모두가 알고 있는데 대단한 명분도 없이 다시 불러들일 수는 없었다. 나는 그렇게 뻔뻔한 사람이 아니었다.

"개원하기 전에…… 보호소에 있었잖아. 나 딱 1년 있었다? 그 1년 동안 내가 안락사시킨 애들이 몇인 줄 알아? 200마리가 넘어. 내가 죽어서 지옥을 안 갈 수 있겠니?"

나는 지호를 한참 쳐다보았다.

이거, 괜찮은 아이템인데?

지호는 순순히 출연을 수락했다. 연구소에 가지 않으려면 병원의 매출이 올라야 했고 그러려면 방송이 제일 쉬운 선택이라는 걸 알았다. 지호는 얼굴이 뽀얬고 잇바디도 고왔다. 선한 인상이었다.

"모자이크 없이 가겠다고요?"

모자이크 이야기를 꺼내는 스태프들이 나는 더 의아했다.

"유기동물 입양률을 높이기 위한 캠페인이 목적이야. 그래서 한 수의사가 애달픈 자기 고백을 하는 거고. 그런데 거기서 무슨 모자이크?"

내 말에 스태프들은 갸우뚱거렸다.

나는 유기동물 보호소를 정성 들여 촬영했고 지호는 성실하게 인터뷰에 응했다. 주먹만큼 작을 땐 넘치는 사랑을 받았을 개들이 이제 늙고 지쳐 젖은 신문지처럼 여기저기 구겨져있었다. 실제 안락사 장면도 촬영할 수 있었다. 심의위원회에 회부될 가능성이 컸지만 겁내지 않기로 했다.

지호는 인터뷰 도중 몇번이나 눈물을 흘렸다.

"가끔은…… 믿어지지 않아요. 200마리의 개들이 내 손에서 죽었다는 게…… 놀라요. 이유 없이 놀라는 날들이 많아요. 화들짝. 죽은 개들이 자꾸 저를 찾아오거든요. 미안하고…… 힘들어요."

나는 그 장면을 다시 찍었다.

"저기, 개라고 하지 말고 아가. 아가로 가자."

지호는 200마리의 아가……로 멘트를 바꾸었다. 훨씬 나았다. 그러고도 다시 찍었다.

"아까 갈색 푸들 아기 있던데, 걔 좀 데려와 볼래?"

스태프가 갈색 푸들을 데려왔고, 나는 지호의 무릎에 푸들을 앉혔다.

방송 전 편집본을 몇번이나 돌려보면서 나는 몹시 만족했다. 심의에 불려간다면 공익을 위한 일이었다고 또박또박 대답도 할 수 있을 것 같았다. 대단하지는 않았지만 시청률은 딱 내가 기대한 만큼 나왔고 여러건의 후속 신문기사가 이어졌다. 동물단체도 호의적인 반응을 보였다.

두주 후, 역시나 안락사 장면이 선정적이다 하여 나는 심의에 불려갔다. 세탁소에서 막 찾은 단정한 수트를 입고 심의에 간 나는 뜻밖에 한마디 대답도 하지 못했다. 지호가 사라졌다는 소식을 들었기 때문이었다.

시청자들은 개들의 안락사를 두 눈으로 지켜보며 몸을 떨었고 흰 얼굴의 수의사가 입술을 깨물고 보호소에서의 1

년을 고백하는 장면에 눈물을 흘렸다.

"악플이 생각보다 너무 심해요."

조연출의 말에 내가 되물었다.

"무슨?"

"강지호 선생님 말예요. 개들을 그렇게 죽여댔으니 업보가 어마어마하겠다는 둥 도살자라는 둥……"

"어디나 미친놈들은 있어. 그런 데다 왜 신경을 쓰니?"

"그래도 선생님 입장에선 좀 힘드실 텐데."

그날의 방송으로 유기동물 입양률은 꼭 0.5% 높아졌다. 대신 지호가 사라졌다. 나는 신문기사 댓글 창을 열어보았다.

'와, 공포영화도 아니고 200마리 죽인 도살자가 푸들을 안고 있어. 존내 무서워.'

베스트댓글 한개만 읽고 나는 노트북을 덮었다.

말간 얼굴의 지호는 서해안 어느 바닷가를 하염없이 걷거나 혼자 소주에 조개구이나 몇점 발라먹다가 맥없이 돌아올 거라 나는 믿었다. 그러고는 내 목을 껴안고, 걱정을 끼쳐 미안하다고 말할 거라 나는 끝끝내 믿었다. 경찰은 지호의 병원에서 안락사 약물 한병이 사라졌다고 말했지만 나는 못 들은 척했다. 그는 돌아와야만 했다.

딸기밭과 채송화 화단을 걸핏하면 뭉개놓던, 우리 집에
서 살던 토끼들이 모두 몇마리였을까. 매일매일 트럭에 치
인 토끼들을 치우며 아버지는 무슨 생각을 했을까. 토끼굴
속, 갓 태어난 새끼들을 꺼내 비닐봉지에 담아 쓰레기차에
실어버리면서 아버지는 손가락 사이사이 남은 감각을 어떻
게 털어버렸을까. 그 많던 토끼들을 끓여먹고 튀겨먹던 아
버지의 1년.

지호는 어디로 갔을까. 서른여섯살이 된 나는 여섯살 시
절 같은 새 귀가 아니라서 지호가 떠나는 소리를 듣지 못했
고, 먼지가 더께더께 앉은 낡은 귀는 지호의 인사말을 건져
내지 못했다. 서울시 연정동 연정유치원의 김연정은 이만
큼 자라 애인을 어딘가에 퐁당, 두고 왔다.

지우 연우 선우/

"이제 결혼을 해야겠어."

두달 전 준규는 그렇게 말했다. 결혼을 해달라고 정중히 청한 것도 아니었다. 준규의 으름장이 귀여워 나는 큰소리로 웃었다. 하지만 거절했다.

"젊고 예쁜 시절 다 보낸 이 마당에 결혼은 무슨."

으름장을 놓을 일이 아니라는 것을 그제야 깨달은 그는 한달 동안 공들여 나를 졸랐고, 나도 내내 결혼 타령을 듣다 보니 딱히 하지 않을 필요도 없다는 결론에 이르렀다.

그래서 선심 쓰듯 수락을 했는데 나머지 한달은 또 양쪽 집 안을 설득하느라 진을 빼야 했다.

평교사로 퇴직한 준규의 어머니는 국내 최대 전자회사 과장으로 있는 아들이 적어도 일고여덟살은 어린, 똘똘하고 예쁘장한 여자를 데려올 거라 생각한 모양이었다. 세명의 누나들은 동갑내기 여자친구라는 소식에 시험관 아기도 어려울 거라며 목소리를 높였다. 어머니와 누나들, 모두 네 여자의 한마디씩들을 전해 듣는 것만으로도 나는 멀미가 났다.

배짱 좋게 나오는 건 우리 집도 마찬가지였다.

"고작 그런 녀석 데려오려고 여태 버팅겼냐, 모자란 년."

고향 소도시에서 내 아버지보다 좋은 차를 탈 수 있는 사람은 없었다. 아버지가 차를 고르는 기준은 한가지, 가격이었다.

어느 집에서 어떤 모델의 차를 얼마에 샀다는 소식이 들려오면 아버지는 그날로 차를 바꾸었다. 아버지가 타던 차는 큰오빠가 물려받았고, 작은오빠는 큰오빠의 차를 물려받았다. 작은오빠의 차는 큰올케가 물려받고 또 큰올케의 차를 작은올케가 물려받는 식이었다. 물론 작은올케의 차는 내 차지가 되었다. 나는 그래서 어울리지 않게 중후하고 낡은 차를 운전했다. 내가 타던 차를 팔아 용돈이라도 챙겼으니 손해나는 일은 아니었지만.

준규나 나나 주눅 든 척을 하고 결혼 승낙을 기다리기는 했지만 걱정은 하지 않았다. 우리는 동갑내기, 자그마치 서른아홉살의 연인이었으니까.

어른들은 별수 없이 만났다. 그들은 우아하게 한정식 나물 반찬을 뜨며 서로의 신경을 건드렸다. 대부분은 하나 마나 한 이야기였다.

"바라는 게 뭐가 있겠어요? 그저 형제끼리 우애 있게 지내주면 그걸로 끝이죠."

준규 어머니는 몇번이나 형제애를 강조했다.

그도 그럴 것이 준규의 연봉은 누나들의 학원 설립비로 숭덩숭덩 빠져나갔다. 수학과를 졸업한 큰누나는 사립학교 교사였으나 출산을 앞두고 그만두었고 그래서 나중에 보습학원을 차렸다. 미대를 졸업한 둘째 누나는 지지부진한 유학 생활을 접고 돌아와 미술학원을 차렸으며 영어교육과를 졸업한 셋째 누나는 임용시험에 탈락하고 영어학원을 열었다.

남편들의 월급으로는 살림을 해야 했으므로 돈 쓸데가 비교적 없는 준규가 그 비용의 대부분을 댔던 것이다. 열네 평 원룸 오피스텔의 전세 보증금을 제외하고 그의 통장 잔액은 맹탕이었다.

"누나들 많다고 너도 걱정할 건 아니다. 많이 배운 누나들이라 점잖고 괜찮단다."

준규 어머니가 나를 보며 말했다. 교사 출신 그의 어머니 말투는 몹시 고상했다.

우리 엄마는 배웠느니 마느니 말을 늘어놓는 준규 어머니가 아니꼬운 모양이었지만 잘 참아내고 있었다. 엄마는 당신이 중졸이라고 말했지만 우리 삼남매가 그 말을 믿은 적은 없었다. 엄마가 여중생인 적이 있었다는 증거는 어디에도 없었다. 몇번의 이사를 거치며 진주국민학교 29기 졸업앨범을 본 적은 있으니 국졸은 분명하지만 말이다. 큰올케와 작은올케는 내가 듣는 데서 이죽거렸다.

"형님. 어머니 중학교 나오신 거 아니죠?"

"중학교는 무슨."

"하긴, 안 나오셨을 거야. 가끔 보면 말씀을 너무 막 하셔."

둘은 깔깔대다가 잠깐 내 눈치를 보았다. 나는 말이 잘 통하는 시누이처럼 따라 웃었다. 안심한 그녀들이 한참을 더 웃었다.

준규 어머니 앞에서 엄마는 목을 큼큼 가다듬었다.

"성수동 집을 빼면 어디로 갈 건가? 마땅한 데는 봐놨나?"

준규는 선뜻 대답하지 못했다. 내가 대신 대꾸했다.

"요즘 서울 시내 전세 구하기 어려워요. 그냥 성수동 집에서 시작하려고요."

엄마가 눈을 부라렸고 준규 어머니는 신선로를 뒤적이며 딴청을 했다.

성수동 아파트 전세는 아버지가 얻어준 거였다. 내 명의로 확정일자를 받으며 아버지는 엄청나게 생색을 냈다.

"딸년 집 얻어줄라고 내가 그 기름밥 먹으며 일한 거 아니다. 너한테 주는 건 이게 유일한 거야. 행여 딴것들에 눈독들일 생각일랑 집어쳐."

사실 내 명의로 되어 있는 아버지의 것들은 더 있다. 아버지는 돈이 불어날 때마다 고향 도시에 크고 작은 건물을 사들였다. 퇴근길 차 안에 앉아 이 건물도 내것, 저 건물도 내것, 그렇게 늘어난 자신의 영토를 세어보는 것이 아버지의 즐거움이었다.

세금을 줄이기 위해 몇몇 건물들은 오빠들과 올케들, 그리고 내 이름 앞으로 골고루 나누어졌다. 명의가 나누어졌다고 권리까지 나누어진 것은 아니었지만 나중에 아버지가 돌아가실 때 그 건물들을 모조리 거두어갈 일이야 없을 것이므로 우리는 안심했다. 또 되도록 순종했다.

아버지는 나름의 질서 의식을 가진 사람이라 값이 제일 나갈 것 같은 건물은 큰오빠에게, 그다음은 작은오빠, 또 그다음은 큰올케와 작은올케 순으로 배분했다. 나는 언제나 맨 꽁지였다.

"어차피 남의 식구 될 년이야. 나는 못 믿어."

그런 이유였다.

"성수동 집은 빼서 느이 아버지 돌려줘야지."

엄마는 괜한 소리를 하고 있었다. 준규의 오피스텔 전세금이 변변찮다는 것을 짐작하고서 뻗대는 거였다.

"사부인네도 개혼은 아니니, 굳이 고향에서 식을 올릴

생각은 없으시죠?"

준규 어머니는 집 이야기에서 슬그머니 꽁무니를 뺐다.

"니네 학교 동문회관 알아보지 그러니? 호텔이니 뭐니 다 필요 없더라. 그저 동문회관이 남 보기도 좋고 괜찮아."

또 학교 타령이다. 중졸이 아닐 게 틀림없을 엄마는 명문 대를 졸업한 준규까지 그만 아니꼬워졌다. 어쩌자고 딸도 볼것없는 삼류대 출신인지. 도로 내놓으라고 하지도 못할 성수동 전세금 이야기가 쏙 들어가버렸다.

그렇게 돌아왔지만 엄마는 며칠 후 준규에게 전화를 걸어 기어코 한소리를 퍼부었다.

"자네, 초혼이 맞긴 한 건가? 내가 아무리 생각해도 이해 가 안 되네. 전처한테 위자료로 다 주고 온 게 아니라면 직 장을 그렇게 다니고도 어떻게 전세 아파트 하나 못 얻나?"

말씀을 너무 막 하셔, 하던 작은올케의 말은 하나도 틀린 게 없었다. 식 올리기 전에 산전검사는 꼭 제대로 받아보라 한 준규 어머니 때문에 기분이 나빠졌다는 말을 그래서 나 는 준규에게 할 수가 없었다. 그야말로 도긴개긴 집구석들 이었다.

처음 준규와 함께 비행기를 타고 고향 도시엘 가던 날, 그는 평소에 하지 않던 넥타이 때문에 뺨이 조금 붉어져 있었다. 준규는 자꾸 넥타이를 잡아당겼고 나는 도로 조여매 주었다. 공항에서 집까지는 대략 20여분이 걸렸다. 택시가 고가도로로 막 들어섰을 때 나는 차창 밖을 가리켰다.

"저기."

준규가 내 손가락 끝을 바라보았다.

"저기, 하얀 아파트 보이지? 산호맨션."

"어디?"

하얗다고 말할 수도 없겠다. 잿빛으로 바랜 아파트는 낡고 더러웠다.

"나지막한 초록지붕 아파트, 저기."

"응, 보여."

오래된 아파트는 이제 음산했다. 예전 집값의 반토막, 거기서 또 반토막이 났다 해도 아무도 사지 않을 집. 우리 가족이 10년을 살았던 집.

"나 어려서 살던 집이야."

"응?"

준규는 몸을 바짝 차창에 붙여 산호맨션을 바라보았다.

엄마의 허세를 생각하면 저 잿빛 아파트가 뜨악했을 것이었다.

산호맨션으로 이사를 한 건 내가 아홉살이 되던 해였다. 흰 벽에 초록지붕을 단 5층짜리 산호맨션은 한동짜리, 고향 도시에서 가장 먼저 지어진 아파트였다. 소도시를 뒷짐 지고 둘러싼, 높지 않은 산중턱이었다.

이삿짐을 싣고 산호맨션 앞에 처음 섰던 날, 나는 신이 나서 깍깍 소리를 질렀다. 골목이 한눈에 내려다보이는 2층 방을 가져보는 것이 소원이었는데 그보다 훨씬 높은 방을 가지게 된 것이었다. 몸이 가벼웠던 나는 501호까지 단숨에 강아지처럼 내달렸다. 엄마는 이삿짐을 풀며 세벌이나 되는 밍크코트를 제일 먼저 장롱에 걸었다. 그리고 나는 그곳에서 지우와 연우를 만났다.

우리 가족이 짐을 푼 지 얼마 지나지 않아 며칠 사이로 앞서거니 뒤서거니 하며 지우와 연우네도 이사를 왔다. 그들의 부모가 산호맨션을 선택한 것도 우리 아버지의 경우와 다르지 않았다. 서른두평 산호맨션보다 더 넓은 빌라나 단독주택이 많았지만 그런 집들은 필요하지 않았다. 최초의 아파트, 가장 세련된 지점을 차지하게 된 자들의 우쭐함을 아무도 숨기려들지 않았다.

새 담임은 지우와 연우와 나, 그러니까 선우까지 셋을 교무실에 나란히 세워놓고 웃음을 터트렸다.

"지우, 연우, 그리고 선우…… 누가 들으면 남매인 줄 알겠네."

교사들이 신기해하며 우리를 번갈아 쳐다보았다.

"뭐야, 얘들이야? 모모연탄, 한일연탄, 대진연탄. 연탄공장 세 아이들?"

모모연탄공장의 무남독녀 지우와 한일연탄공장의 큰아들 연우, 그리고 대성연탄공장 막내딸 나였다.

"대진이 아니라 대성인데요."

나는 아버지의 공장 이름을 잘못 말한 교사를 바라보며 새초롬하게 말했지만 그녀는 내 말을 흘려들었다. 고향 도시의 연탄공장은 모두 세곳이었다. 우리가 연탄공장집 세 아이들이라는 것은 금세 소문이 퍼졌다.

딱히 연탄공장이라고 해서 대단할 건 없었다. 204호는 소도시에서 제일 큰 지업사를 하는 집이었고 101호는 부

억가구 공장을 했다. 시장에서 내복집을 하는 403호는 겉보기엔 그저 그래도 알짜배기 가게라고들 했다. 강 건너의 공장들은 3교대로 밤새 돌아갔고 젊은 사람들이 외지에서 속속 몰려들고 있었다. 모두가 호황을 누리던 시절이었다. 서너달에 한동씩 새 아파트가 지어졌지만 산호맨션의 명성을 따라잡지는 못했다.

"연탄집 애들이구나."

"쟤들은 저렇게 꼭 붙어다니더라? 귀엽게?"

우리는 산호맨션에 사는 연탄공장집, 이름도 비슷한 세 아이들이라 유명세를 누렸다. 부엌가구집 아이와 금은방집 아이, 내복집 아이도 단짝이었지만 우리처럼 특별해 보이지는 않았다. 206호 지우와 303호 연우, 그리고 501호 선우는 산호맨션 앞 콘크리트 마당에서 땅따먹기를 하거나 햇볕을 쬐며 만화책을 보았다. 더 많은 친구를 사귈 수도 있었지만 그건 왠지 사람들의 호기심을 배신하는 일 같았다.

지우와 나는 학교 앞 문방구에서 똑같은 머리끈을 골랐다. 오후 4시가 되면 어김없이 집으로 불려 들어갔는데 그전에 꼭 다음 날 머리를 어떤 식으로 묶을 것인지, 어떤 옷을 입을 것인지 약속을 했다. 지우는 작고 마른 아이였고 나는 키가 크고 통통한 편이었지만 머리를 양 갈래로 똑같 이 묶거나 땋으면 언뜻 닮아도 보였다.

동네 아줌마들은 아파트 마당에 나와 종종 떠들었다.

금은방 누구네가 어디에 땅을 샀다더라, 치과집은 터미 널 앞에 3층 건물을 올렸는데 월세가 얼마라더라, 그런 얘 기들이었다. 엄마는 별 흥미도 없다는 듯 듣고 있지만 저 녁이 되어 아버지가 돌아오면 조곤조곤 일러바칠 거였다. 그러다 보면 206호 발코니 창이 열렸다. 노란 병아리 같은 홈드레스를 입고 머리에는 구루프를 만 지우 엄마였다. 지 우 엄마는 살가운 목소리로 우리 엄마를 불렀다.

"형님! 애들 좀 올려보내주세요. 카스텔라를 좀 구웠거 든요."

우리는 주섬주섬 일어나 엉덩이를 털었다. 엄마는 흥, 코 웃음을 쳤다.

"머리에 저런 거 매달고 카스텔라 구울 시간 있으면 아 들이나 좀 낳으라지. 신랑이 벌어주는 돈 꼬박꼬박 받아먹 으면서 딸년 하나로 퉁치려고?"

지우는 말똥말똥한 눈으로 엄마를 쳐다보았고 아줌마들은 민망한 표정을 지었다.

"형님도 참. 요즘 누가 아들아들 한다고 그래요?"

엄마가 으르렁거렸다.

"속 좋은 소리 하고 있네. 딸년 키워봐. 뼈빠지게 벌어서 남의 집구석에 다 처바르는 거지."

"아이고, 형님!"

아줌마들은 우리를 떠밀었다. 공깃돌과 만화책을 주워 들고 우리는 206호로 올라갔다.

"연탄집 애기들, 카스텔라 많이 먹어!"

어느 아줌마인가 외치자마자 엄마가 또 버럭 소리쳤다.

"연탄집이라 하지 말라니까! 우리가 뭐 연탄 배달하는 집이야? 공장이랑 배달집도 구분 못 해?"

올케들은 수다스러웠다. 남쪽 지방 남자들답게 아버지와 두 오빠는 입을 꾹 다물고 앉았고 엄마는 심통을 사탕처럼 물고 있었다. 올케들은 수정과와 식혜와 레몬차를 쉼 없이 준규에게 가져다주었다.

"가까이 살면 우리 애들 공부도 좀 봐달래고 그럴 텐데."

"그러고 보면 우리 아가씨, 은근 능력 있다니까. 이렇게 엘리트 신랑감도 딱 잡아오고 말야."

긴장한 준규는 붉어진 얼굴을 식힐 틈이 없었다.

"동서는 참, 우리 아가씨가 어때서? 그래도 우리 집안에선 유일하게 4년제 나온 사람인데."

엄마가 눈을 부릅떠서 큰올케는 입을 다물었다.

"우리 집 사람들 골고루 다 공부 못한 거, 이 사람도 알아요. 내가 벌써 고백했어."

올케들은 깔깔거렸지만 엄마는 그런 내가 영 못마땅해 바쁜 표정을 지으며 일어났다.

"전복집 예약 시간 다 됐다. 가자."

오후 3시도 안 되었는데. 전복집이 있는 항만까지는 넉넉잡아 30분이었다. 저녁 식사라기엔 일러도 너무 일렀다. 가족들은 알면서도 서두르기 시작했다. 꼭 전복을 먹으러 가는 것은 아니었으니까 말이다. 할 일이 따로 있었다. 준규도 얼결에 재킷을 집어 들었다.

나는 준규의 옷자락을 쥐고 작은오빠네 차에 냉큼 올랐다. 아버지와 함께 탄다면 골목골목을 지날 때마다 저 건물은 몇년도에 산 거고, 저 건물은 이번에 리모델링을 새로 해서 월세가 얼마나 올랐고, 또 저 건물 1층에 은행을 들이기 위해 얼마나 애를 썼는지에 대해 듣느라 귀에 딱지가 앉을 게 뻔했다. 길을 돌아가더라도 아버지는 자신이 사들인 건물을 하나하나 둘러보며 가야하는 사람이었다. 그런 장면까지 준규에게 들키는 건 아무래도 끔찍했다. 덜 놀라게 하기 위해 이미 많은 것들을 고백했대도 말이다.

내가 굳이 준규와 결혼을 하려는 건 예순살쯤 되어 둘이 사부작사부작 양재천 둑길을 걷고 싶어서인데, 준규의 목소리는 털 짧은 담요처럼 보들보들하고 약간 다정해서 그렇게 둘이 토요일마다 걸으면 참 좋겠다 싶어서인데, 고작 토요일의 산책을 위해 이렇게 못 볼 꼴까지 다 보여야 하나. 막 자란 여자처럼 우습게 보이지나 않을까. 나는 난처했다.

큰오빠가 운전하는 차가 먼저 항만으로 들어서 주차를 했다. 작은오빠도 그 옆에 차를 세웠다. 준규는 주변을 둘러보았다. 전복집 따위가 보일 리 없다. 너른 항만 주차장일 뿐이다. 핸드백을 겨드랑이에 낀 엄마가 카디건을 여미며 준규에게 말했다.

"밥 먹기 전에 바람이나 좀 쐬자고. 새로 지은 항만이라 깨끗하지?"

"아, 네. 멋진데요?"

준규는 조금 갸우뚱했고 작은올케가 킥, 웃었다. 아버지와 엄마가 방파제를 향해 천천히 걸었고 그 뒤를 큰오빠 부부와 작은오빠 부부가 걸었다. 그리고 준규와 내가 간격을 두고 뒤를 따랐다. 아버지와 엄마가 걸음을 늦추면 모두 그에 속도를 맞추었다. 분명 어색한 광경이었고 준규는 내 눈치를 살폈다. 왜 이러는 거야? 그의 눈이 그렇게 물었다.

"날이 참 좋네. 바다도 깨끗해 보이고."

엄마가 말했지만, 하고 싶은 말은 그게 아니다. 누군가, 저 수평선 끝자락에 대한 이야기를 꺼내주기를 기다리고 있는 거다. 작은올케가 나를 보며 눈짓을 했지만 나는 못 본 척했다.

"저기 수평선."

몇걸음 뒤로 물러나 나지막한 소리로 준규에게 말했다.

"응, 수평선. 왜?"

맑다. 먼 수평선이 말끔하게 그어둔 펜 자국처럼 또렷했다. 거기, 흐린 날이었다면 알아보기 힘들었을 배 한척이

동동 떠있었다.

"수평선 끝에 배 보이지?"

"그러네. 배가 있네."

나는 목소리를 더 낮추었다.

"저 배가 아버지 거야."

"저 배가?"

이런 고백은 정말 부끄럽다. 부끄러울 때는 웃는 편이 낫다. 그러면 조금 덜 부끄러워졌다.

"지금 저 배 자랑을 하고 싶어서 저러는 거야. 조금만 흐리거나 어두워도 안 보여. 맑은 날, 빨리 보여주고 싶어서 여기로 온 거야. 아무도 저 배가 아버지 거라고 말을 안 꺼내서 다들 안절부절못하고 있는 거고."

준규는 슬그머니 내 어깨너머로 배를 쳐다보았다. 이렇게나 맑아도 배는 눈곱만했다.

"유조선이야."

준규의 눈이 동그래졌다.

"니가 이해해 줘. 이런 것만 자랑하면서 산 사람이거든."

나는 쿡쿡 웃어버렸고 준규도 가만히 끄덕끄덕했다.

"엄마! 배고파요! 전복 먹으러 가요!"

내가 큰소리로 외쳤다. 가족들은 슬금슬금 서로를 쳐다보았다. 얘기를 해준 건가, 아닌 건가, 의심스러운 얼굴들이었다.

아버지가 연탄공장을 판 건 내가 열다섯살이던 해였다. 지우와 연우, 그리고 선우가 어울려 다니는 일을 끝낸 지도 이미 오래였다. 지우와는 여전히 같은 학교에 다녔지만 어릴 적처럼 똑같은 머리를 한다거나 비슷한 옷을 골라 입는 일은 하지 않았다. 연우는 중병아리처럼 키가 훌쩍 자라 볼품없었다. 아파트 앞마당에서 마주치면 찌푸리는 것인지 웃는 것인지 잘 알아보지 못할 정도의 눈인사를 나눌 뿐이었다. 열다섯살이라는 나이는 아무도 사랑하지 못하고 아무도 소중하지 않은, 약간 이상한 나이였다.

대성연탄이 팔렸다는 소식을 들은 나는 엄청난 충격을 받았다. 내가 더이상 연탄집 막내딸이 아니라니. 정확히 말하자면 아버지는 연탄공장 자리를 판 것이었다. 모모나 한일이나 대성연탄공장은 고향 도시에서 한참 떨어진 산속에 자리하고 있었다. 국도를 사이에 두고 이편 산에는 모모와 한일이 나란히 있었고 저편 산이 대성이었다. 금방이라도 허물어질 것 같은 고향 도시의 전문대학 건물이 대성 자리에 새로 지어질 것이라고 했다. 아버지는 공장 권리금은 고사하고 땅값이나 겨우 챙겼으면서도 의기양양했다.

"모모랑 한일 자리에 학교를 짓는다는 걸 내가 막느라고 얼마나 쌩고생을 한 줄 알아? 그 개자식들한테 들어간 돈만 몇 가마니야!"

아버지는 수완이 좋은 사람이었다. 분명 어떤 잇속이 있었겠지만 가족들은 미심쩍어했다. 땅값만 받고 그걸 팔다니. 나는 실업자 아버지를 둔 딸처럼 서러워졌다. 산호맨션 아줌마들은 다소 동정적인 눈으로 엄마를 대했다.

"아유, 곽사장님이 다 생각이 있으시니 그랬겠지. 형님도 너무 속상해하지 마요."

"속상해하긴. 남자가 하는 일에 여자들이 이러니저러니 말 섞는 거 아냐."

그동안 엄마의 허세에 질렸을 아줌마들의 보복은 시시한 듯했으나 며칠 바깥출입을 삼간 걸 보면 엄마도 불안해했던 것만은 확실했다.

하지만 상황은 곧 달라졌다. 술에 취한 연우 아버지가 우리 집 현관문을 새벽에 두들기며 행패를 부린 일 때문이었다.

"형님이 어떻게 저한테 이러실 수가 있습니까! 공장 팔지 말라고, 어려워지면 다 인수해서 공장 크게 키울 테니 절대 팔지 말라고 하신 게 누굽니까, 네?"

아버지는 끝끝내 현관문을 열어주지 않았다. 아침 등굣길에 보니 현관문에는 찌그러진 자리가 세 곳도 넘었다. 지우 아버지는 찾아오지 않았다. 유방암으로 가슴 한쪽을 베어낸 지우 엄마의 간호만으로도 지우네는 경황이 없었다. 여전히 구루프를 말고 발코니 앞에서 지우 엄마는 해를 쬐었지만 정수리가 노랗게 휑했다. 병아리 같은 홈드레스 대신 자주색 레이온 내복에다 긴 카디건 하나만 걸치고서였다. 지우 엄마가 예쁜 적이 있었던가. 나는 이전의 기억을 의심했다.

연우 엄마는 나와 마주칠 때면 울화가 치민다는 표정으로 한숨을 쉬었다. 그래도 인사는 꼭 건네주었다.

"선우 요즘 공부 열심히 하니? 모의고사는 잘 쳤어?"

나는 고개를 숙인 채 네, 작게 대답했다.

연우 엄마는 우리 아버지보다 지우네를 더 미워했다. 아무런 수도 쓰지 못하고 공장을 처분할 기회를 뺏겨버린 것이 무능한 지우 아버지 때문이라 생각했다.

아줌마들은 앞마당에서 내내 수군거렸다.

"아무리 기름보일러로 바꾸는 세상이라지만 그래도 연탄공장이 망할 일이 있겠어? 선우네가 너무 급하게 나가는 거 아냐?"

"지우네랑 연우네가 10년만 공장 더 돌려도 평생은 먹고 살 텐데. 참 희한하네."

하지만 아버지의 말이 맞았다. 새로 지어지는 집들은 모두 기름보일러를 달았고 10년이 되고 20년이 된 연탄보일러들은 매일매일 수십곳씩 터졌다. 고향 도시에 연탄보일러를 폭파하는 테러리스트가 대거 침투한 것도 같았다. 아버지는 급유회사를 차렸고 모모연탄과 한일연탄은 폐허가 되었다. 그렇게 되기까지 1년도 채 걸리지 않았다.

도시가 변하는 속도는 농담 같았다. 산호맨션의 흰 벽에는 빗물에도 씻기지 않는 두꺼운 때가 앉았다.

나는 산호맨션을 그만 떠나고 싶었다. 206호 발코니로는 매일매일 더 야윈 지우 엄마가 고개를 내밀었고 연우 엄마는 나에게 짧은 인사를 건네는 일조차 그만두었고 까까

머리 연우는 허연 얼굴에 콧수염이 드문드문 나기 시작해 조금 징그러웠다. 무엇보다 지우였다.

어릴 적에 비하자면 지우는 그다지 예쁘지 않은 소녀로 자라났다. 키도 깡똥했고 뒤통수도 납작했다. 깡마른 목덜미와 가슴 때문에 때로 남자아이처럼 보이기도 했다. 귀티 잘잘 흐르던 연탄집 세 아이들이 그냥저냥 커가고 있는 것은, 유년의 훼손 같았다. 지우는 종종 나에게 손을 반짝 들어 인사했지만 나는 연우와 그랬듯 찌푸리는 것인지 웃는 것인지 알 수 없을 만큼의 시선만 살짝 던지고 돌아섰다.

고향 도시에는 이제 15층짜리 고층 아파트도 숱하게 들어섰다. 어디든 가장 넓은 평수로 옮겨갈 수 있음에도 아버지는 꿈쩍하지 않았다.

"어마어마한 대단지 아파트가 들어설 거야. 거기로 가야지. 산을 뭉텅뭉텅 다 깎는 거 못 봤어?"

아버지가 점찍어둔 새 랜드마크는 따로 있었던 거다. 이제 산을 깎기 시작했다니 언제쯤 갈 수 있을까. 나는 속이 상해서 짜증을 부렸다.

그 무렵 지우 엄마가 죽었다. 장례식이 끝난 후 학교로 돌아온 지우를 찾아갔다. 비가, 가을비가 쏟아지던 날이었다. 우산을 따로 쓴 우리는 조금 떨어져 걸어야 했다. 열다섯 살은 아직 위로의 말을 배우기 이전이다. 나는 무슨 말을 꺼내야 할지 몰라 찰박찰박 걷기만 했다.

"어? 너 구두끈 풀렸어."

지우의 말에 발끝을 내려다보았다. 내 구두끈이 풀려 있었다. 빗속에 고쳐 맬 생각은 없었는데 지우가 제 우산을 내 손에 쥐여주더니 냉큼 발밑에 쪼그려 앉았다. 이러지 마, 괜찮아, 말릴 틈도 없었다.

엉겁결에 우산으로 지우의 등을 가려주었지만 작은 등은 금세 젖었다. 지우는 아랑곳하지 않고 내 구두끈을 단단히 매주었다. 머리칼까지 젖은 그 애가 몸을 일으켜 나를 보더니 환하게 웃었다. 버스정류장으로 가던 길이었다. 아이들은 우리를 쳐다보았고 나는 친구에게 함부로 하는 못된 아이가 된 것 같아 얼굴이 뜨거웠다. 망한 연탄집 딸과 그 집을 망하게 한, 기름집 딸. 반짝이는 유년이란 애초 없었나. 지우에게 나는 맹렬한 분노가 일었다. 눈물이 날 것도 같았다.

"너는…… 왜 이렇게 나를 미안하게 만드니?"

지우가 작은 눈을 동그랗게 뜨고 나를 바라보았다.

지우와 연우, 그리고 나는 같은 고등학교에 진학했다. 그건 조금 우스꽝스러운 일이었다. 예전 연탄집 세 아이들일 때처럼 귀엽지도 않았고 귀티가 나지도 않았다. 무엇보다 그 학교는 소문난 삼류고등학교였다. 우리의 어린 시절을 기억하는 사람이라면 쿡 터지는 웃음을 참느라 애를 먹었을 것이 빤했다.

더뎠지만 대단지 아파트가 완공되었고 나는 드디어 산호맨션을 떠날 수 있었다. 아버지는 산호맨션에 처음 들어서던 날처럼 기세등등했다. 근처의 전문대학에 다니느라 집을 떠나지도 않은 오빠들이 있어 고요하지는 않았지만 집은 턱없이 넓었다.

"지 인생 지가 알아서 하라 그래! 도대체 누굴 닮아 하나같이 돌대가리들이야?"

자식들 공부머리 빼고는 어디 가서 기죽을 일이 없는 아버지였다. 건들거리는데 한참 재미를 붙인 작은오빠는, 우리가 공부를 잘하는 것이 더 이상한 일이 아니겠냐며 히죽거렸다.

나 역시 같은 생각이었다. 입시를 앞두고 아버지는 고향 도시 가장 명문고등학교의 교사들을 과외선생으로 데려왔다. 어차피 국영수는 포기하는 것이 깔끔했으므로 암기과목 선생들이었다. 그들은 하루에 한 사람씩, 새벽 2시면 우리 집 현관 앞에 섰다. 초인종을 누르지 않아도 엄마가 가만히 시간 맞춰 문을 열어주었다.

　지우와 연우가 시내의 화실에 함께 다닌다는 이야기를 누군가로부터 전해 들었다. 그 애들은 또 나란히 미대엘 진학할까? 나도 미대 준비나 할걸 그랬나.

　낯설고 늙은 선생이 뽑아온 예상문제를 외며 잠깐, 아주 잠깐 그런 생각을 했지만 나는 미술엔 도통 재능이 없는 아이였다. 같은 문제를 자꾸 틀려도 그들은 나를 나무라지 않았고 한시간 반이 지나면 조용히 구두를 신고 퇴장했다. 엄마는 불도 안 켠 거실 발코니에 서서 행여 지켜보는 사람이 없는지 살폈다. 대단한 음모 같은 입시를 치렀고 나는 기적처럼 수도권의 대학에 합격했다. 4년제 대학엘 가면 깜찍한 경차를 사주겠다던 아버지의 말은 다 허풍이었다.

　지우는 지방대 미대에, 연우는 전문대학에 입학했다.

　우리가 나란히 무언가를 더 한다는 것은 이제 불가능해

보였다.

스물아홉살이었으니 꼭 10년 전 겨울, 지우는 죽었다.

예고 없이 걸려온 지우의 전화에 놀라 잠깐 망설이다가 나는 그 애를 찾아갔다. 아무것도 만들지 않아 먼지만 보얗게 앉은 공방에 딸린 좁은 방에 지우가 있었다.

지우는 나를 보고 쑥스러운 듯 웃었다. 오래전 직접 만들었다는 작은 자작나무 테이블에 소담한 술상을 봐왔다. 마른멸치 한줌과 조그만 고추장 종지, 그리고 방금 포장을 뜯어 덜어낸 종가집 총각김치였다.

"이 접시랑 종지는 연우가 만든 거야. 예쁘지?"

별로 예쁘지 않았다.

역시 둘 다 재능 있는 공예과 졸업생들은 아니었다.

"내가 연우랑 결혼한 거, 알고 있었어?"

"청첩장 안 줬잖아. 몰랐어."

그렇게 대답했지만 나는 알고 있었다.

"어딘가에서 우리 소식 듣고 있을 줄 알았지."

"아무도 전해주지 않았어."

또 거짓말이다. 궁금하지 않았지만 사람들은 자꾸 그들

의 안부를 내게 전했다.

이혼 소식까지는 정말 몰랐다. 집에 한번 들를래? 하던 지우의 말에 선뜻 대답하지 못하고 으응, 스케줄을 살피는 척할 때 지우가 말했던 거다.

"연우는 이제 없어."

공방에는 연우의 흔적이랄 게 하나도 없었다. 지우의 말처럼 연우는 이제 없는 사람이었다. 이 집에 정말 연우가 살았던 걸까. 나는 자꾸 두리번거렸다. 빈 벽을 한번, 모서리가 뒤틀린 옷장을 한번, 어쩌면 연우가 누운 적 있었을 침대도 한번. 그러다가 온통 도려낸 지우의 가슴을 한번 보았다. 양쪽을 다 베어내고도 지우는 유방암을 떨쳐내지 못했다. 고작 스물아홉살에 그녀는 죽기 직전의 제 엄마를 고스란히 닮아 있었다. 예뻤던 지우 엄마나 예쁘지 않은 지우나 죽음을 목전에 둔 모습은 다를 것이 없었다. 소녀 시절에도 납작했던 지우의 가슴은 그때보다 더 납작했고. 티셔츠를 들치면 연분홍 젖꼭지도 사라지고 없겠지.

연우네 아버지는 연탄공장을 끝내 접고 침대가게를 열었다. 가구거리 끄트머리, 꽤 널찍한 매장이었지만 자영업

자들의 호황은 이미 끝물이었다. 백화점이 두개나 들어섰고 이름도 생소한 가구할인매장이란 것들이 속속 생겨났다. 지우네 아버지는 팔리지도 않는 연탄공장을 내내 쥐고 있다가 이후로는 아무 일도 하지 않았다. 두 집 모두 산호맨션을 떠나지 못했다.

그러고는 결혼을 하다니.

우편함을 몇번 들여다보았고 엄마에게 공연히 전화를 걸어보았지만 지우나 연우에게서 청첩장을 받았다는 소식을 듣지는 못했다. 끝장난 인연이었다고 생각했지만 초대받지 못한 나는 조금 쓸쓸했다. 함께 쇠락해가고 있다는 사실이 두 사람을 도리어 끈끈하게 옭아맸을 거라고 나는 그들의 결혼을 폄하했다. 동시에 질투했다.

나는 그들의 연애담 따위 듣고 싶지 않았으나 지우는 다리를 모으고 앉아 종알종알 말을 길게 했다. 처음으로 잔날, 신혼여행지를 고르느라 다툰 날, 같이 차린 공방이 잘되지 않아 마주앉아 눈물을 뚝뚝 떨어뜨린 날을 헤벌쭉 웃으며 이야기했다. 나는 건성으로 끄덕였다. 따져보면 그리 오래된 일이 아니었지만 살점 없이 눈이 푹 꺼진 지우의 얼굴을 바라보면 그건 수백년 전 일처럼 아득하게 들렸다.

함께 산 지 2년이 지났을 때 연우는 이제 그만 헤어지자 말을 했단다. 하지만 떠나고 싶었던 연우는 떠나지 못했다. 토라진 아이의 엄살처럼 지우의 투병이 시작됐기 때문이었다. 가슴 한개만 무사히 잘라내면 가야지. 그렇게 생각했을 연우는 또 가지 못했다. 나머지 가슴도 잘라내야 했기 때문이었다. 그러고도 완치하지 못한 지우를 두고 연우는 늦게야 짐을 챙겼다.

"연우가 여길 나가면서 한마디 했어."

나는 지우를 쳐다보았다.

"너는 왜 이렇게 나를, 미안하게 만드니?"

내 기억으로, 내가 지우에게 마지막으로 했던 말이었다.

"그런데 선우야."

"응?"

"나는 연우가 왜 그렇게 서둘러서 집을 나갔는지 알아."

그 이야기를 할 때 지우의 퀭한 눈은 가로등처럼 노랬다.

"보험금 때문이었어."

나는 침묵했다.

"연우는 내 보험금을 받게 될까봐 걱정했던 거야. 다른 사람이 생겨 떠나는 건데, 내 보험금까지 홀랑 챙기면 나쁘잖아. 그래서, 그게 미안해서, 내가 죽기 전에 서둘러 간 거야."

나는 연우가 떠난 이유를 알 것 같았다. 지우는 항상 누군가를 미안하게 했다. 연우는 그것에 진저리가 난 것인지도 몰랐다.

지우는 한달인가 두달 후에 죽었다.

나는 셔터를 막 내리려는 세탁소에 뛰어가 검은 수트를 찾았다. 모르는 얼굴들 사이에 앉아 연우를 기다렸는데, 연우를 기다리는 일 말고 내가 그곳에서 할 수 있는 일이 달리 없었기 때문이었다. 연우는 둘째날 밤이 되어서야 왔다. 장례식장 입구에서 넥타이를 조이고 구두를 벗었다. 저 새끼가 바람피운 신랑이야? 그런 시선이 두려운 모양이었지만 사실 그를 알아볼 사람은 없었다. 모모연탄에 돈을 빌려주었다가 떼인 친척들은 아무도 오지 않았고 오랫동안 연락이 닿지 않은 어린 시절 친구들이 올 리도 없었다. 그는 민망하고 무안한 얼굴로 국화 한송이를 내려놓고 천천히 두번 절했다.

문득 그 밤, 총각김치를 깨물며 지우가 해준 이야기가 떠올랐다.

"아빠가 돌아가시기 전이었는데, 처음 취직을 했을 때였어. 아빠가 방을 구해주고 갔거든. 이불이랑 냄비랑 전기밥솥도, 조그만 밥상도 사줬어. 불고기를 먹었나, 삼겹살을 먹었나, 아무튼 저녁을 같이 먹고 늦게야 아빠를 배웅하고 새 자취방으로 돌아가는데…… 치킨집이랑 실내포장이랑 그런 가게들이 늘어선 오르막 골목이었거든. 그만 콩 넘어졌어. 어둡고 축축한 길이었는데. 얼른 일어나서 무릎을 터는데, 택시가 내 옆을 지나가더라고. 그런데 그 택시기사가 창문을 내리고 나한테 소리를 쳤어. 미친년, 술을 처먹어도 곱게 처먹어라!"

어둡고 축축한 골목길에서 넘어진, 키 작은 지우.

"내가 술에 취해서 고꾸라진 줄 알았나봐. 부끄럽고 무서워서 아무데도 안 쳐다보고 방으로 돌아왔어. 넘어지면 욕을 먹는 거구나, 생각했어."

그런 게 아니라고 말해줄걸.

"버스에서 내리면 그 길을 지나야 방으로 돌아올 수 있는데, 그때마다 정신을 바짝 차리느라 얼마나 애를 먹었는지 몰라. 길이 막 울퉁불퉁해. 한번만 더 넘어져서 그때처럼 욕을 먹는다면 정말 견딜 수 없을 것 같았어…… 그냥 그랬다고."

연우가 나를 바라보았다. 결혼식장에 축하를 해줄 하객이 필요하다면 장례식장에는 분풀이를 할 악당이 필요한 법. 나는 그럴싸한 이유도 없이 연우를 미워하고 있었다. 그 자식이 나타나면 뺨을 때려줄까? 그런 생각도 막연히 하던 참이었다. 차마 다가오지 못하는 연우에게 나는 천천히 걸어가 뺨을 때리는 대신, 그의 목을 그러안았다. 연극처럼 눈물이 터졌는데 어쩌면 무안하고 민망한 그의 기분을 내가 백분 이해하기 때문인지도 몰랐다. 나도 연우 너처럼, 나를 늘 미안하게 만드는 지우가 싫었어, 그렇게 그의 귀에 속삭이고 싶었다. 슬프지도 않은데 그저 무참한, 그 풍경이 나는 몹시도 불편했다. 하지만 동맹의 기분은 그리 오래가지 않았다.

"미안해. 집사람이 아기를 낳으러 가."

몇시간만 더 있으면 발인이었다. 지우를 화장장에 바래다줄 사람은 몇 되지 않았다.

"거짓말 아냐. 출산예정일이 다 되었는데…… 화장장에

가는 건 좀 그렇잖아."

　서울로 돌아가는 공항 길에는 아버지와 엄마가 동행했다. 택시를 타도 될 일이었지만 아무래도 아버지는 준규에게 끝내 자신의 영토를 보여주고 싶은 모양이었다. 엄마는 준규가 유조선에 대해 알고 있는지 모르는지 그것이 궁금해 애가 단 모양이었지만 나는 대꾸해주지 않았다. 차에 타기 직전 먹은 오징어 때문에 준규는 자꾸 트림을 했다.

　"내장도 안 빼고 먹물도 안 뺀 오징어를 통째 삶은 건, 정말이지 처음 봤어."

　준규가 소곤거렸다.

　"애썼어. 나도 다음주에 니네 집엘 가면 삭힌 홍어도 잘 씹어먹을게."

　"꼭 그래줘. 안 그래도 엄마가 너 입 짧을 것 같다고 내내 뭐라셔."

　나는 눈을 흘겼다. 아버지의 차가 고가도로로 들어섰다. 산호맨션이 보이기 시작했다.

　"엄마."

　놀이터도 없는 작은 아파트. 아프지 않은 칼날처럼 우리를 베고 지나갔던 바람은 몇바퀴를 다시 돌아 지금은 휘어진 발코니 난간을 더듬고 있을지 몰랐다. 그 바람에 녹들이 우수수 작은 새처럼 허공을 날았을지도.

"산호맨션은 재건축 안 한대?"

"저 오래된 걸 뭐하러?"

"오래됐으니까."

"빈 땅 천지야. 저쪽 동네로 가면 20층, 30층 주상복합들이 다 미분양이야. 텅텅 비었어. 저 거지 같은 걸 뭐하러 부수고 또 짓고 그래? 돈이 더 들지."

어른들은 몰랐지만 우리는 아파트 초록지붕으로도 기어오른 적이 있었다. 새똥을 몇번 맞고는 금세 달아났지만. 그때 산호맨션의 흰 벽이며 초록지붕은 우리 눈에 홀홀한 정글이고 숲이었다.

"저렇게 계속 낡으면 어떡해?"

결국에는 어떻게 되는 건지 나는 궁금했다. 준규를 쳐다보았지만 그도 갸웃했다. 206호 지우네 집에는 이제 누가 사는지, 303호 연우네에는 아직 그 가족들이 사는지, 내가 살던 501호에는 노부부가 이사를 왔었는데 그들은 혹 죽었는지 그런 것들은 궁금하지 않았다. 다만 산호맨션이 앞으로 어떻게 더 낡아갈지 궁금했다.

   아버지는 고가도로를 내려서자 가까운 길을 두고 방향을 틀었다. 살 때보다 가격은 폭삭 떨어졌어도 여전히 건재하는 영토를 내보일 참이었다. 비행기 탑승시간까지는 아직 한참이 남아있었다. 준규는 내장과 먹물을 빼지 않고 삶은 오징어 때문에 속이 여태 더부룩한 모양이었다.

베티의
마지막 파티

늦은 6시, 정민씨는 이제야 베티의 문을 열었다. 잠시 눈자위가 뜨끈해졌는데 아마도 그건, 오늘이 마지막으로 베티의 문을 여는 날이기 때문일 것이다. 내일이면 가게를 비워줘야 했다. 그러니까 가게에 쌓인 술을 오늘 모조리 동내야 한다는 거다. 그 소식을 아는 단골들이 밤이 되면 몰려들 것이다. 정민씨는 입구에 안내문을 써붙였다.

오늘은 셀프, 무조건 2만원.

오래전 정민씨는 기타리스트였다. 사람들은 종종 그에게 물었다.

"한 10년쯤 됐나?"

처음에는 심상하게 응, 대답했다. 몇년이 지나도 사람들은 똑같이 물었다.

"공연하는 거 본 지 10년은 된 거 같은데?"

정민씨는 또 대답했다.

"응."

그러고도 몇년이 더 지나서야 정민씨는 무대에 서본 지 20년이 훌쩍 지났다는 것을 깨달았다. 언제 이만큼이나 시간이 흘렀지? 지금 30대 중후반이 된 사람들은 누구나 정민씨가 속해있던 밴드를 기억했다.

"오빠네 밴드 새 앨범을 사려고 새벽부터 레코드점 앞에 막 줄 서고 그랬다고요."

"난 1집부터 몽땅 가지고 있어. 지금도 가사를 외는걸."

베티의 손님들은 종알종알 추억들을 자랑했다. 물론 정민씨의 얼굴을 기억하는 사람은 없다. 말쑥하고 뽀얬던 남자 보컬만 기억할 뿐. 그래도 여섯장의 앨범을 내는 동안 승승장구했다. 달콤한 시절이었다.

가끔 베티 한편, 조그맣게 만든 무대에 올라 정민씨는 손님들 앞에서 옛 밴드 시절 노래를 불러주었다. 한달에 6만원씩 주고 대여한 업라이트 피아노를 쳐 보인 적도 있었지만 베티의 옆 건물은 다세대 연립이었다. 베티의 창문은 방음이 제대로 되지 않아 연립주택 주민들이 자꾸 파출소에 신고했다. 허리에 무전기를 찬 경찰들이 자주 문을 열고 들어왔다.

"거, 인간적으로다 피아노는 치지 맙시다. 음악 소리야 그렇다 쳐도."

술 취한 단골들이 걸핏하면 피아노에 손을 대서 경찰들은 두주에 한번은 베티엘 나타났고 정민씨는 그럴 때마다 냉장고에서 포도맛 웰치스 캔을 꺼내 경찰들 손에 하나씩 들려주었다. 아무도 찾는 사람이 없어 메뉴에서 뺀 지 오래된 웰치스였다.

CM송 작업을 하거나 영화음악을 만들던 정민씨에게 카페를 열자고 제안한 건 해영이었다.

이혼을 하면서 해영은 15년간 해온 방송작가 생활을 그만두었다. 이혼을 할까 말까 망설인 시간이 5년이었는데, 방송국을 그만두는 데는 딱 일주일만 고민했을 뿐이었다. 해영은 이혼을 하자마자 정민씨네 집으로 커다란 수트케이스 두개를 밀고 들어왔다. 당황스러웠지만 갈 데가 마땅찮다는 걸 알고 있었다.

"난 이제 자유로운 이혼녀야."

해영의 말에 정민씨는 엷게 웃어 보였다.

"그러니까 나한테 연애를 걸어도 된다는 말이야."

안쓰럽기도, 쑥스럽기도 했다.

지긋지긋한 미성년 딱지를 뗀 사람처럼 며칠 들떠있더니 해영은 카페를 열자고 말했다.

"살롱을 만드는 거야. 비슷비슷한 예술하는 사람들끼리 모이는 그런 살롱. 음악하는 사람들, 영화하는 사람들, 또 글 쓰는 사람들. 그런 사람들이 만나서 술 마시고 담배 피우고 이야기하고."

"그러니까 세상에서 제일 볼것없는 사람들…… 영화거지, 음악거지, 작가거지 들을 상대로 술을 팔자는 거지, 지금?"

해영이 까르르 웃었다.

"무얼 해도 이전보단 나을 거야."

"왜 그렇게 생각해?"

정민씨가 묻자 해영이 잠깐 그의 얼굴을 쳐다보다 대답했다.

"외로웠거든."

더 생각할 것이 없었다.

해영이 외로웠다는 것을 그제야 알게 된 사람처럼 화들짝 놀라 정민씨는 청담동에 삼겹살집을 크게 낸 보컬을 찾아갔다. 그가 솔로로 나서면서 밴드는 해체되었다.

"나 그렇게 나쁜 놈은 아니었잖아요, 형. 그래도 늘 형한테 빚진 느낌이었어요."

보컬도 이제는 나이가 들었다. 아무도 그를 불러주지 않았다. 그래도 밴드 멤버 중 정민씨가 돈을 빌릴 수 있는 사람은 그뿐이었다.

"밴드 이름에 기대서 장사할 생각은 접는 게 좋아요. 팔아먹을 추억이란 거, 그거 금방 바닥나거든요."

흔쾌히 빌려주긴 했지만 그렇게 생색을 낼 만한 액수는 아니었다. 여기저기 털 만큼 털고 해영의 돈과 합친 다음

베티를 인수했다. 한물간 밴드 사진 따위를 걸어둘 생각은
애초 없었다.

"주방에 사람을 들여야 하지 않을까?"
해영이 말했을 때 정민씨는 고개를 저었다.
"그냥 치즈나 몇조각 내가고 돈가스나 튀겨주자. 안줏거
리 복잡하면 힘들어."
"좋아."
"그리고 뉴욕의 펍처럼 가는 거야. 각자 마시고 싶은 대
로 카운터에 와서 돈 내고 한잔씩 받아가도록."
"그래, 양손에 생맥주잔 들고 테이블 사이를 뛰는 건 정
말 끔찍해."
해영이 계획했던 것처럼 베티에는 영화하는 사람들, 음
악하는 사람들, 글 쓰는 사람들이 드나들었다. 그들은 베티
의 오픈을 축하하러 처음 들렀고, 그래도 아는 사람이니 한
번 더 팔아주자 하며 다시 들렀고, 가로수길의 다른 집들보
다 술값이 싸서 나중에도 계속 들렀다.
해영의 지인들과 정민씨의 지인들이 서로 인사를 나누
었고 그들을 따라온 친구들도 인사를 나누었다. 약속이 없

어도 그들은 오다가다 베티엘 들렀고 그다음에 들른 사람과 통성명을 하고 싱거운 농담을 섞었다.

그러니 모두 길고 넓게 만든 바에 앉으려고 했다. 주인과 마주앉아야 낯선 이들을 소개받기 쉬웠기 때문이었다. 일곱개의 바 의자가 차면 정민씨는 그들을 테이블로 한꺼번에 옮겨 앉혔다. 일곱명의 그들은 그제야 4인용 테이블을 두개 이어붙여 술자리를 새로 시작했다. 그리고 나면 또 다른 단골들이 문을 열고 들어섰고 다시 일곱개의 바 의자를 채웠다.

건물주는 지난달 말 베티를 비워달라고 했다. 계약연장을 할까 말까 고민하던 시기이기는 했지만 막상 비우려니 자울자울 마음이 가라앉았다. 해영이 코스트코에 들러 피자와 샐러드를 사오기로 했으니 베티의 마지막 파티를 열기에 음식이 모자라지는 않을 것이다. 문이 열렸다. 곤하게 작업을 한 이후라 눈이 데꾼해진 번역가 방이었다.

작업실이 마땅찮았던 번역가 방은 날마다 베티의 구석자리 테이블에서 일했다. 낮 손님은 방뿐이어서 정민씨는 그녀를 위해 음악을 꺼주었다. 방은 온종일 베티를 독차지

한다는 미안함 때문에 식은 커피가 절반 이상 남아도 새 커피를 주문했다.

"그럴 거 없어. 난 저기 구석방에서 작업할 거니까 우리 서로 신경 끄자고."

정민씨는 카운터 옆으로 난 조그만 작업실에 처박혔다. 오후 4시쯤 되면 방이 정민씨에게 카톡을 보냈다.

'오빠, 따뜻한 라떼 한잔 주세요.'

그러면 정민씨가 문을 밀고 나와 커피 대신 짜장면을 시켰다. 방은 그렇게 늦은 점심을 정민씨와 먹었다.

"베티가 없어지면 난 이제 어딜 가서 일하지?"

"번역료를 더 달라고 해. 멋진 작업실을 얻는 거야."

정민씨의 말에 방이 코끝을 찡그렸다.

그때 해영이 피자를 열판이나 들고 들어섰다. 방이 냉큼 짐을 받았다. 방은 해영의 대학 후배였다.

"10년 동안 같이 살던 남자랑 헤어지는 기분은 어떤 거예요?"

방의 질문에 피자를 썰던 해영이 고개를 들었다.

"미안하지만 기억이 안 나. 잊었거든."

"벌써요?"

"응. 잊고 싶은 건 빨리 잊게 돼."

방은 피자 조각에 붙은 살라미를 하나씩 떼어먹었다. 사실 방은 조금 지쳐있었다. 오전 11시에 전화를 걸어온 클라이언트는 번역거리를 보낼 테니 오후 3시까지 끝내달라고 했다. A4 한장에 만원. 기가 막혔다. 까다로울 것이 빤한 법률계약서에 그런 번역료라니. 하지만 방은 공손하게 말했다.

"그래도 급행료는 계산해주셔야 할 것 같은데요……."

형편이 좋지 않았다. 일거리는 자꾸 줄었고 잔고는 아슬아슬했다. 다리가 후끈거리도록 아르바이트에 시달리며 시드니의 통번역대학원을 졸업했지만 방 정도의 학벌을 가진 사람들은 숱했다. 클라이언트는 급행료 1.5배로 선을 그었고 그녀는 수락했다. 이메일로 날아온 파일을 여는 순간 방은 비명을 질렀다.

"씨발!"

세장이라던 문서의 폰트는 6포인트였다. 글자가 아니라 숫제 까만 깨알. 모니터의 화면 배율을 200%까지 높이고서야 글자를 알아볼 수 있었다.

정확히 3시에 번역물을 보내고 4만5천원을 벌었다. 오늘 베티의 마지막 파티에서 2만원을 내고 나면 2만5천원이 남고, 새벽녘 택시를 타고 집에 돌아가면 만원 정도가 남을 것이다. 두달 전 6년을 만난 애인과 헤어진 게 잘된 일인지도 몰랐다. 데이트 비용을 낼 때마다 멀찍이 뒤로 빠지는 무능력한 여자친구로 기억되는 건 죽기보다 싫었다.

'베티엔 몇시쯤 갈 거야?'

작곡가 윤이 홍에게 카톡을 보냈지만 대답이 없었다.

'나는 일찍 갈 거니까 기다리게 하지 마.'

그래도 대꾸가 없다.

하지만 베티의 마지막 파티에 홍이 오지 않을 리는 없지. 윤의 메시지를 홍은 스무번쯤 노려보았을 것이다. 대답을 할까, 무심한 척 넘길까, 게슴츠레 눈을 뜨고 휴대전화를 만지작거렸을 홍의 얼굴이 그려져 윤은 히죽 웃었다.

홍을 처음 만난 건 베티에서였다. 싱글앨범을 낸 후배 녀석의 쇼케이스였고, 홍은 녀석의 곡에 시시껄렁한 가사를 붙인 작사가였다. 뒤쪽에 앉아 윤은 그 시시껄렁한 노래를 들었다. 베티의 무대는 좁고 음향은 조잡하고 빡빡하게 들어찬 관객들은 자기들끼리 떠들었다. 이러니 늘 뒷골목 신세지. 윤은 쯔쯔, 혀를 찼다.

그날 윤은 홍과 후배를 앉혀놓고 진지하게 조언을 했다.

"너, 가사는 니가 직접 써. 뭐하러 저작권료를 작사가랑 반반 나눠, 쓸데없이?"

후배가 멋쩍게 웃었다.

이번에는 홍에게 말했다.

"저작권료를 반이나 떼어가면서, 이왕 쓸 거면 뇌리에 딱 남게 쓰던가."

"왜 반말이세요?"

"너도 반말하던가."

"알았어. 그러자."

"가사 잘 쓰는 방법 알려줘?"

홍이 꼴같잖다는 표정으로 눈을 치떴다. 하지만 요 몇년 간 윤이 만든 노래들은 내내 음원사이트 상위권에 랭크 중이었다. 윤의 얼굴은 몰라도 윤의 이름은 이 바닥 사람들이 다 안다.

"그리움? 좋아, 그리움. 그걸로 써보자고."

윤은 휴대전화 검색창에 '그리움'이라 써넣었다.

"봐. 블로거들 글이 쭉 뜨지? 얘들 글 얼마나 잘 쓰는지 알아? 설렁설렁 읽어. 괜찮으면 한 문장씩 복사 뜨고. 이제 그걸 짜깁는 거야. 그럼 끝. 10분 걸림."

윤은 기쁜 얼굴로 두 손을 반짝 들어보였다.

"너무 쉽지?"

"너, 미쳤니?"

홍이 발끈했다.

"그냥 닥치고 술이나 먹지 그래?"

그렇게 말하는 홍의 손등에는 힘줄이 파랗게 도드라졌다. 윤은 그날 홍을 점찍었다. 딱히 그래야 할 이유는 없었지만 말이다.

8시도 안 되었지만 베티에는 이미 몇몇이 술판을 시작했다. 벌써 취한 이들도 있었다. 아직 홍이 나타나기 전이었다.

"그건 따로 추가계산이 들어간다니까! 당연한 걸 왜 따지고 들어?"

정민씨는 보드카와 위스키를 내놓으라는 단골들에게 같은 말을 반복하느라 입이 아팠다.

승무원 고는 가장 구석진 2인용 테이블에 최와 단둘이

앉아있었다. 최는 단원 50여명 정도로 이루어진 오케스트라의 지휘자였다. 지난주에 킵해두었던 캐나디안클럽 12년산 병에는 고의 이니셜이 매직으로 쓰여 있었다. 고는 지금, 인상을 폭 쓰고 앉은 최를 쳐다보는 중이었다. 두 사람은 지난 넉달 동안 만나왔다.

"넌 지금 아무렇지도 않니?"

최가 물었다. 금방이라도 울어버릴 것 같은 그의 표정 때문에 고는 골치가 아팠다.

"아니…… 아무렇지도 않냐는 질문은 하루에 네번씩 벌써 쉰여섯번쯤 했고, 그때마다 나도 마음이 좋지 않다는 대답을 쉰여섯번 했고요."

그러니까 지금 고와 최는 이별하는 중이었다. 고가 헤어지자는 말을 꺼낸 건 벌써 두주 전이었다. 최는 매일매일 이유를 따져 물었고 오늘도 마찬가지였다. 고는 두주 동안 그랬듯 오늘도 성실하게 대답했다.

"거듭 말씀드리지만 계속 사랑을 할 정도로 좋은 건 아닌 것 같아서요."

최도 성실하게 기막혀했다. 고는 팔을 뻗어 그의 어깨를 천천히 토닥였다.

"너무 기분 나빠하지 말아요. 미안해요."

최는 점점 더 어이가 없었다.

고는 얼른 최와의 꿉꿉한 대화를 마치고 베티의 마지막 파티를 즐기고 싶은 마음뿐이었다. 테이블마다 사람들이 들어찼고 오랜만에 보는 이들이 여기저기서 손을 흔들었다. 고는 발랄한 눈으로 그들에게 일일이 화답했다. 그때 최가 발칵 화를 냈다.

"지금 장난쳐? 그래도 몇달을 만났는데 헤어지자는 이야기를 하면서 집중을 안 해?"

고는 최의 얼굴을 가만히 쳐다보았는데, 아주 빠르게 그녀의 표정이 차가워졌다. 아마도 최는 그 속도를 느꼈을 것이다.

"그래서? 어쩌라고요?"

얼음 같은 목소리였다.

"나 혼자 사랑을 한 거야? 말해줄래? 너는 아무것도 아니었는데, 나만 그랬니?"

고는 또박또박 대답했다.

"두주 동안이나 사과했잖아요. 미안하다고 대체 몇번을 말했어요? 아니, 사랑이 식은 게 이렇게까지 사과해야 할 일이에요? 넉달을 만났다고 두주 동안 사과를 해야 하면 40년 해로한 사람들은 5년 동안 사과해야 해요?"

"나는 평범한 남자야. 이런 식으로 말을 하는 여자를 본 적이 없어. 나를 좀 이해시켜 주면 안 돼?"

고는 숨을 가다듬었다.

"돌겠네. 나더러 연애 경과보고서라도 쓰라는 거예요? 아니면 시말서가 필요해요?"

"그런 말이 아니잖아."

"그리고요, 끝난 마당에 반말은 이제 그만하시죠?"

의자를 당기는 소리에 고와 최가 동시에 얼굴을 들었다. 작사가 홍이었다. 알 만하다는 표정으로 그녀는 최의 옆에 앉았다.

"헤어지는 중이야?"

두 사람은 대답하지 않았다.

"오빠. 내가 이 친구 잘 아는데, 그냥 끝내."

최가 홍의 얼굴을 노려보았다.

"연애는 쌍방합의 하에 하는 거야. 한쪽이 끝났다면 끝난 거야. 오빠가 이러면 상상연애가 되는 거라고. 상상임신은 죄가 아니지만 상상연애는 죄야. 그러니까 관둬."

최는 가방을 들고 베티를 나가버렸다. 홍이 반도 남지 않은 캐나디안클럽 병을 들고 일어섰다.

"저쪽 테이블로 가자. 같이 한잔들 해야지."

고는 순순히 일어섰다. 야구 캐스터 양이 사람들 사이에 끼어 앉아 큰소리로 농지거리를 던지고 있었다. 고와 홍은 의자를 끌고 그 테이블에 섞여 앉았다. 바에 앉아 정민씨와 이야기를 나누던 윤이 휴대전화를 꺼냈다.

홍은 주머니 속 휴대전화가 울리는 것을 알았지만 모른 척했다. 성질 급한 윤은 얼마 안 가 홍의 등뒤에 설 것이다. 속으로 천천히 열을 세다 보면 그 안에 올지도 모르지. 어쨌거나 제 발로 걸어가 줄 생각은 없었다.

도무지 윤과의 모든 일은 하나도 상식적이지 않았다. 홍이 베티엘 갈 때마다 그는 거기에 있었다. 그의 작업실이 있는 홍대와 베티는 제법 먼 거리였음에도 매일매일 나타났다. 예쁘지도 않은 머리통에 비니를 푹 눌러쓰고 다니는 윤은 키가 상당히 커서 정면으로 마주서기라도 할라치면 공연히 기분이 상했다. 그래서 홍은 아무 테이블에나 후딱 앉아버렸고 그러면 윤도 따라 앉았다. 그렇게 마주앉아 윤은 시비를 걸거나 시답잖은 장난을 쳤다.

"가사 꼬라지 하고는."

윤이 건네는 이어폰을 받아 보면 홍이 만든 노래였다.

"언제 철들래? 이렇게 써놓고 돈을 챙겨?"

정색하는 홍 앞에서 그는 낄낄 웃었다. 아나운서 아내와 헤어졌단 이야기를 알음알음 전해 들었다. 저 모양이니 아내가 떠났겠지.

"무명작사가 주제에 차는 또 이게 뭐야?"

대리기사를 불러놓은 참인데 윤은 아무렇지도 않게 홍의 차에 올라탔다.

"홍대 쪽으로 안 가거든? 내려."

"아저씨, 홍대요. 2만원. 됐죠?"

모텔 주차장에 들어서면서 대리기사는 산 지 두달밖에 되지 않은 아우디의 문짝을 긁었다. 홍이 자지러졌지만 윤은 대리비를 5천원 깎고 치워버렸다. 바짝 언 얼굴로 기사가 급하게 사라졌다. 그날 밤 윤이 말했다.

"인생 안 쉽지? 어릴 때야 대충 부모덕 보며 묻어간다 생각했겠지만, 나이드니 참 니 인생도 별 볼 일 없다 싶지? 스스로가 가엾지?"

이 자식은 대체 뭐지.

대학을 갓 졸업했던 무렵, 소개팅에서 연거푸 딱지를 맞은 홍은 친구들을 앞에 두고 하소연을 하고 있었다. 하나 마나 한 위로를 하던 친구들 뒤편에서 어지간히 술이 오른 누군가가 한마디 했다.

"지금 저런들 홍은 우리랑은 아예 다른 인생을 살걸? 태생이 다르잖아. 우리야 아무리 아등바등해봐야 거기서 거기. 홍은 부모님이 알아서 골라주는 남자 만나 잘살 거라고. 그게 계급이야, 계급."

고작 스물몇살이었을 홍은 순식간에 버림받은 기분이었다. 남자친구도, 직업도 없는 20대가 다 지나고 30대도 그다지 다를 바 없어서 작사가라고는 해도 고작 노래 세곡이 전부였다. 대단한 사랑을 할 애인이 있었던 적도 없었다. 친구의 그 말을 곱씹으면서 처음에는 상처받았고, 나중에는 화가 났고, 그다음에는 고까웠다.

그리고 지금 홍은 아무것도 아닌 서른다섯살을 사는 중이었다. 고깝다는 마음, 그다음의 감정은 가지고 싶지 않았다. 별수 없이 쓸쓸해질 테니. 윤의 말처럼 스스로를 가여워하고 싶지는 않았다.

윤을 사랑한다 생각한 적은 없었지만 자꾸 잤다. 나무라고, 놀리고, 아프게 한 다음 그는 홍을 바짝 당겨 안아주었다. 희한하게도 그가 보고 싶을 때가 있었지만 그가 그런 홍을 알아챈 것 같아 불편했기 때문에 한번도 전화를 제때 받지 않았다. 대신 베티에 들렀고, 그가 나타나면 몰래 안도했다.

세번째인가 네번째였던 밤에 그는 모텔 침대 끝에 걸터앉아 리모컨을 만졌다. 뉴스 프로그램이었고 홍은 이불을 들쓰고 누워있었다.

"기분이 어때?"

"뭐가?"

윤이 짓궂은 얼굴로 홍을 돌아보았다.

"내 전처야."

이 남자는 도대체.

"섹스 후에 TV에서 애인의 전처를 보는 여자의 기분은 어떨까? 혹시 지금 가슴이 막 저려?"

홍은 베개를 던졌다.

"그건 내가 너를 사랑할 때 얘기고. 나는 하나도 너를 사랑하지 않거든? 그래서 아무 느낌도 없거든?"

윤은 개구쟁이처럼 낄낄거렸다.

아무도 사랑한 적 없고, 아무에게도 사랑받아본 적이 없다는 사실을 홍은 들키고 싶지 않았다. 다행히도 윤은 모르는 것 같았다. 홍이 윤을 사랑할 수 있다면, 그가 아무것도 모르기 때문이라는 생각이 잠시 들었다. 어느 밤, 윤과 헤어지고 난 뒤 텅 빈 도로 위에서 핸들을 잡았을 때 홍은 문득 궁금해졌다. 내가 사랑을 하는 걸까, 사랑인 척하는 걸까. 결론을 내고 싶지는 않았다. 낯선 기분이기 때문이었고, 어떤 식으로든 쓸쓸하고 싶지는 않았다.

"이번 오프도 날려먹었어. 도대체 쌍꺼풀은 언제 하냐고."

승무원 고가 고시랑거렸다.

보드카에 세 알씩 떨어뜨리라며 커피콩을 접시에 담아 온 해영이 고의 눈을 들여다보았다.

"요즘은 별로 붓지도 않는데. 사흘이면 다 가라앉을걸."

"그러니까요. 사흘이면 될 일을 계속 못 하고 있어요. 눈에 실밥 달고, 헤어지자 말해서 미안하다고 나불댈 순 없잖아요. 그래도 사람이 예의가 있지."

예의? 모델 문은 표나지 않게 코웃음을 쳤다. 방금 이별한 처지에 쌍꺼풀 수술 운운하면서 예의라는 말을 입에 담다니. 그러면서도 고는 하도 잘 웃어 사람들은 그녀가 예의 없다는 사실을 잘 알아채지 못했다. 문은 해영이 가져온 커피콩을 보드카 잔에 떨어뜨렸다. 고가 참견했다.

"그거 넣는다고 술에서 커피 향 안 나요."

그러면서 캐나디안클럽 한잔을 홀짝 비우는 고가 얄미워 문은 고개를 절레절레 저었다.

문이 앉은 테이블이 가장 북적였다. 야구 캐스터 양 때문이었다. 타고난 말발의 양 주변에는 언제나 사람들이 몰려들었다. 사람들이 맥주를 더 주문하기 위해 일어서면 양이 해영을 불러세웠다.

"여기! 맥주 좀 가져다줘. 하나, 둘, 셋…… 보자, 너도 없어? 그럼 네잔."

"와서 가져가라고요, 좀."

해영의 말도 소용없었다. 양은 목소리를 더 높였다.

"사람 귀찮게 뭘 오라 가라야? 손님한테 이러는 가게가 어딨어? 나중에 한꺼번에 계산할 테니까 갖고 와. 과일도 좀 주고."

해영이 마지못해 가져다주면 사람들이 와아, 즐거워했다. 그럴 때면 한층 우쭐해진 양이 호기롭게 보드카를 더 주문하기도 했다. 뒷목이 접히고 뱃살에 허리띠가 묻히는 중년의 양이 젊은 아이들과 마음껏 시시덕거릴 수 있는 유일한 방법이었다.

보드카 병을 따면 엉기성기 몇몇이 의자를 끌고 다가왔고, 보드카 몇잔을 얻어마신 다음 맥주를 더 주문하면서도 그들은 카운터에 돈을 치르지 않았다. 두잔 더요, 마른안주도 하나 주세요. 계산액은 점점 늘어났고 모두 불콰하게 술이 오를 때쯤 사람들은 하나둘 가방을 들고 일어섰다. 마지막으로 양이 베티를 나설 때가 되면 해영은 한숨을 쉬었다.

"어이, 해영씨. 진짜 이러기야? 나 물 먹이는 것도 한두번이지."

"그러게 왜 테이블에서 마구잡이로 주문을 해대냐고요."

"맘대로 줘놓고 왜 나한테 돈을 달래? 내가 만만해?"

양은 계산서의 금액보다 꼭 2만원, 3만원 정도씩 적게 내놓고 사라졌다. 그렇다고 발을 끊거나 하지는 않았다.

양은 오늘 양념치킨 두마리를 시켰다. 서너가지밖에 없는 베티의 안줏거리에 손님들이 불만이 많다는 걸 알아서 해영과 정민씨는 배달음식을 나무라지 않았다. 닭날개를 발라먹는 양 옆에서 문은 보드카 잔을 마저 비웠다.

문은 마흔살을 훌쩍 넘겼다. 물론 사람들은 그녀가 서른일곱이라 알고 있지만 말이다. 실제 나이 서른일곱일 때 정수기 렌털회사의 광고사진을 찍은 것이 그녀의 마지막 모델 이력이었다.

광고주는 문의 머리를 보글보글, 파마머리로 만들었다. 앞치마를 두르고 초등학생 두명을 앞에 세운 뒤 사진을 찍었다. 우스꽝스럽게 웃었으며, 더 우스꽝스럽게 한쪽 다리를 치켜들었다. 얼마 전에는 양의 소개로 종로의 안경원엘 다녀왔다. 간판에 걸 안경 사진의 모델이 필요하다고 해서 간 자리였지만 안경원 사장은 그녀를 마음에 들어하지 않았다. 이제 활짝 웃는 문의 눈가에는 잔주름이 졌다. 포토샵으로 충분히 지울 수 있는데도, 사장은 떨떠름한 표정을 지었다.

돈을 벌 줄 아는 모델이 아니어서 문이 몸매를 유지하기 위해 할 수 있는 일은 오로지 다이어트뿐이었다. 마른 무릎뼈는 이제 보기 싫게 톡 튀어나왔고 발가락들은 앙상했다. 잘록하게 타고난 허리이긴 했지만 이제 살들은 탄력을 잃었다. 그래서 추운 날이 편했다. 검은 스타킹 안에 숨은 다리는 아직 미끈해 보였고 터틀넥 스웨터로 목주름을 간신히 감추었다. 사람들은 여전히 문이 아름다운 줄 알았다.

조그맣고 어두운 베티에 앉은 사람들.

그들은 도란도란, 시간을 흘려보내고 있었다. 내일이면 간판이 내려지고 테이블과 의자가 실려 나가고 다시는 아무 테이블에나 끼어 앉아 술을 마실 수 없다는 것을 잊은 사람들 같았다.

정민씨는 1인용 안락의자 하나를 무대로 끌어다 놓고 그 앞에 마이크를 세웠다. 베티의 마지막 파티를 위해 노래방 기기를 빌려놓은 참이었다. 다세대 연립에서 파출소로 미친 듯이 전화를 걸지 않게 하려면 이 수밖에 없다. 사람들은 안락의자에 앉아 노래를 부르라고 하면 대부분 조용한 노래를 골랐고 목소리도 나직하게 깔았다. 간혹 의자를 치우려는 이들도 있었지만 안락의자는 생각보다 무거웠다. 고집 센 누군가 기어이 밀어두더라도 그의 노래가 끝난 뒤 다시 정민씨가 끌어내 오면 그다음 사람은 굳이 그 수고를 감당하려 하지 않았다. 그래서 조용조용한 노래판이 가능했다.

점수가 가장 높게 나온 다섯명을 추려 우쿨렐레를 선물할 생각이다. 하루하루가 심심한 베티의 단골들은 오래전부터 정민씨에게 우쿨렐레 강습을 해달라 졸랐다. 하와이로 여름휴가를 다녀온 홍과 고가 중국산 우쿨렐레를 한대씩 들고 베티에 들른 직후였다.

"하와이에서 샀는데 왜 중국산이지?"

홍은 제 우쿨렐레를 들고 어리둥절해했다.

"중국 가서 사올걸 그랬다. 거기선 쌌을 텐데."

고도 머리통을 긁적였다.

단골들은 대단한 놀잇감이라도 발견한 사람들처럼 설레발을 쳤지만 매주 목요일 밤 9시로 정해놓은 시간에 정민씨는 단 한번도 우쿨렐레 강습을 할 수 없었다. 그들은 시간에 맞추어 베티에 나타나서는 술만 마셨다. 어느 날은 깐풍기, 어느 날은 매운닭발, 어느 날은 족발. 그런 것들을 바에 늘어놓고서 말이다.

강습을 위해 사둔 우쿨렐레 여섯대를 묵힐 수밖에 없었다. 그나마 가장 비싼 모델 한대만 정민씨가 가지고 나머지

는 상품으로 내걸기로 했다. 분명 술 취한 누군가는 선물을
받고도 그냥 두고 가겠지만.

음식은 다 조리해서 바에 늘어놓았고 생맥주도 알아서
따라 마시라 했으니 이제 겨우 정민씨도 사람들 사이에 앉
을 수 있었다. 해영 앞에는 벌써 곤드레만드레 된 몇몇이
앉아 있었다. 그들은 했던 말을 하고 또 해서 해영을 질겁
하게 했다. 잠시 쉬었다가 교대를 해줘야지.

윤은 어느새 홍의 옆자리에 가 앉았다. 홍은 막 노래를
시작한 야구 캐스터 양을 바라보고 있었다. 양은 노래를 제
법 잘 불렀고 그의 보드카를 얻어마신 사람들이 환호해주
었다.

"다른 건 다 엉망인데, 노래 하나는 기가 막혀."

홍의 말에 고가 끄덕였다.

윤이 코웃음을 쳤다.

"저게 잘하는 거라고? 니들, 내가 한곡 부르면 다 쓰러지
겠다?"

고가 웃음을 터트렸다.

"그럼 불러봐요."

고가 등을 떠밀어 윤이 마이크를 잡았다. 키가 큰 윤에게는 안락의자가 작아보였다.

　홍이 고에게 심상한 목소리로 말했다.

　"나, 사랑을 하는지도 모르겠어."

　고가 홍보다 더 심상한 목소리로 대답했다.

　"잘됐네."

　"저 사람이 아니었대도, 누군가 나를 확 당겨 안아줬다면 그 사람을 사랑했을지도 몰라. 그럼 이상한 거야?"

　고가 몸을 틀어 홍을 똑바로 바라보며 그녀의 두 뺨을 손으로 감싸쥐었다. 그건 고의 습관이다.

　"미안해. 나한테 묻지 마. 난 그런 거 몰라."

　홍은 이상하게도 눈물이 날 것 같았다.

　"거짓말쟁이. 내가 아는 네 애인만 백명이야. 이 바람둥이 연애대장."

　고는 홍의 목을 그러안았다.

　"난 헤어지는 법밖에 몰라."

　홍의 흰 목은 보드랍고 폭신했다. 아마도 그녀의 목을 가장 자주 만진 이가 고일 것이다. 어쩌면 최도 그런 말을 할지 몰랐다. 내 등을 가장 자주 만진 사람이 너야. 또 그전의 애인도 그러할까.

윤이 장담한 것과는 달리 그의 노래 실력은 볼품없었다. 사람들은 그의 노래에 집중하지 않고 옆 사람에게 술을 따라주거나 육포를 찢고 올리브를 씹었다.

그러거나 말거나 윤은 노래를 불렀다. 그러면서 홍을 바라보았다. 고의 어깨에 기댄 홍은 윤을 바라보다가, 고개를 돌렸다가, 또 바라보았다. 그녀가 고개를 돌리는 속도는 느리다. 그런 광경, 낯익다.

윤의 전처는 식탁 앞에 앉아 콩나물을 다듬다가, 혹은 침대에 앉아 일주일 동안 사용할 스카프를 한장씩 챙기다가 종종 윤을 넘겨다보았다. 그와 시선이 마주치면 고개를 돌렸는데, 느린 속도였다. 그때는 알아채지 못했다. 하고 싶은 말이 있을 때 고개를 돌리는 속도가 느려진다는 것을 말이다.

당신을 사랑하기가 힘들어.

아마 그녀는 그런 말을 하고 싶었겠지. 행여 그 말을 듣게 될까 두려워 윤은 서둘러 자리를 뜨곤 했다. 하지만 이제 안다. 그것이 잘못된 선택이었다는 것을. 가만히 앉아

그 말을 들었더라면 윤은 그녀에게 사과할 기회가 있었을
는지도 모르고, 그렇다면 그녀는 그를 떠나지 않았을는지
도 몰랐다.

어느 순간부터 그녀는 윤과 시선이 마주치면 빠르게 고
개를 돌렸다. 그 속도에 놀라 윤은 주눅이 들었다. 그녀에
게 그가 아무것도 아닌 남자라는 것을 깨달았다. 그녀에겐
윤에게 할 말이 더 남아있지 않았던 것이다. 헤어질 일만
남았던 것이지.

홍의 지금 저 표정은, 아직은 느리게 고개를 돌리던 전처
와 닮았다. 그래서 윤은 홍 앞에서 내내 애가 달았다. 말을
해. 내 앞에서 아무 말이라도 해. 너를 위해 내 온 귀를 열
어두겠어.

그런 생각을 하느라 자꾸 노랫말을 틀렸지만 베티의 단
골들은 아무도 알아채지 못했다. 오로지 홍만 미간을 살짝
살짝 찌부라뜨렸으니, 그녀는 틀린 부분들을 짚어내고 있
는 거였다. 그러면서 관심 없는 척하기는. 윤은 기분이 좋
아졌다.

양은 베티의 손님들이 모조리 귀여웠다. 철없고 예쁘거

나 성숙하고 고혹적이었다. 남자아이들이나 여자아이들이나 모두 그랬다. 야구 중계가 끝나면 베티에 달려갈 생각으로 마음이 바빴다. 베티는 마치 놀이동산 같았다. 덩치가 다락 같은 야구선수들만 보다가, 또 새침데기 스포츠 채널 아나운서들만 보다가 베티에 들어서면 녹녹하게 긴장을 푼 젊은 아이들이 재잘재잘 잘도 떠들었다. 매력적인 여자아이들 주변을 뱅뱅 도는, 어떻게든 한번 들이대보려는 속이 빤한 남자아이들을 보는 재미도 쏠쏠했다. 콤플렉스를 쉽게 들켰으나 그게 콤플렉스인 줄도 모르는 녀석들이 태반이었다.

문은 안경원 모델이 되지 못해 마음이 상한 모양이었다. 안경원 사장, 그 자식은 웬만하면 사진 한장 걸어줄 일이지 꼬장꼬장하게 거절했다. 대단한 연예인을 쓸 것도 아니면서 젠체하는 꼴이 마뜩잖았다. 양으로서는 문에게 생색낼 구실이 그만 없어진 셈이었다.

"기다려봐. 오빠가 나중에 에이전시 몇곳 소개해줄게. 나중에 너 돈 많이 벌면 오빠랑 자주 놀아줘야 해, 알겠지?"

이 정도 농지거리에 문은 그냥 웃는다.

"또 이런다. 오빠는 상대방을 꼭 하자 있는 사람으로 만들더라?"

방이 정색을 했다. 아, 얜 정말 피곤한 녀석이야.

"농담인 거 알면서 뭘 그래?"

문이 양의 편을 들었다. 제 말로는 서른일곱살이라고 하지만 그럴 리 없다. 마흔은 분명히 넘겼다. 5만원쯤이라면 내기를 걸 생각도 있다.

"농담이라도 불쾌하잖아요. 왜 사람을 금전적 하자 있는 사람으로 만들어요?"

"너야말로 말조심해."

문의 목소리가 날카로워졌다.

"금전적 하자? 왜, 내가 싱거운 농담에도 대거리를 안 하니 금전적 하자 때문에 지레 주눅 들어 그러는 거 같아?"

방은 한숨을 쉬었다. 남 눈치 보느라 제 콤플렉스도 고백 못 할 판이다. 연하의 애인과 헤어질 무렵 방의 통장 잔액은 딱 566만원이었다. 사업에 실패한 아버지가 있는 것도 아니고 노름빚을 지고 다니는 오빠가 있는 것도 아닌데 방은 도무지 자신의 잔고를 이해할 수 없었다. 죽도록 일을 하는데 나아질 방도는 없고.

서른네살이었다. 자신의 빈곤을 설명할 알리바이가 없었다. 거기에 생각이 미치자 희한하게도 그녀는, 이제 새 남자친구가 생겨도 그 앞에서 옷을 벗지 못할 것 같았다. 아무것도 보여줄 것 없는 여자가 된 기분이었다.

"따지고 들지 마요. 솔직히 얘기해서, 그렇게 말간 표정으로 앉아서 술 얻어먹는 언니도 그리 곱게 보이진 않거든요?"

베티의 맥주 한잔은 3천원이었다. 3천원뿐이라면 한잔만 마시면 되고 그나마도 없다면 베티엘 안 오면 그만이다. 양이 병째 주문하는 보드카 따위에 눈길 주고 있는 문이 이전부터 거슬렸다.

어느새 266만원이 되어버린 잔고가 방은 무섭도록 두려웠다. 분을 참지 못한 문이 자리에서 발칵 일어섰고 동시에 최가 베티의 문을 쾅, 열어젖혔다.

최는 정신없이 취해 있었다. 고의 냉랭한 태도에 어이가 없어 베티를 빠져나왔을 때 그는 한참이나 계단참에 서있었다. 고가 따라 나오지 않을까, 하는 기대 때문이었다. 그녀는 나오지 않았고 최는 베티가 있는 건물 1층, 사케집으로 들어갔다. 그곳에서 900밀리짜리 사케 한병을 다 비우고 말았다. 사케 한병을 더 시킬까, 베티로 다시 갈까, 고민을 열번쯤 한 후 최는 계단을 비척비척 올랐다. 무시당할 것이 빤했지만 그렇게라도 하지 않으면 그녀를 영영 볼 수 없을 것 같았다.

베티의 문이 소란스럽게 열리는 바람에 사람들의 시선이 한꺼번에 쏠려 잠깐 술이 깨는 듯도 했지만 입을 열자 평소보다 세배는 큰 목소리가 나왔고 한걸음을 내딛자 바닥이 빙그르르 눈앞으로 다가왔다. 고에게 묻고 싶은 것들이 있었는데, 고개를 털어 잠시 정신을 차려보면 토하고 있었고, 울고 있었고, 소리를 지르고 있었다. 그쯤 되니 될 대로 되라지, 그런 심정이 되고 말았다.

고가 티슈를 들어 최의 입가를 닦아주었다.

"내일 되면 얼마나 부끄러워지려고 이래요?"

"하나도 안 부끄러워. 연애하는 사람들끼리 이 정도 술주정이 뭐가 부끄러워?"

"알았어요. 부끄러워하지 말아요. 근데, 반말은 이제 하지 말라고 그만큼 얘기했는데."

무턱대고 아무렇지도 않은 고를 그는 도무지 이해할 수

가 없었다. 애인에게 한번도 실수하지 않고, 한번도 무례한 행동을 하지 않고, 그래서 미안할 것 없어서 안심하는 여자. 이 여자는 도대체 얼마나 엄청난 또라이인 것일까.

최가 울컥, 아무렇게나 말을 뱉었다.

"너, 아무나 내키는 대로 따먹고 다니는 거지? 그러고선 이렇게 막 버리는 거지?"

최의 목소리는 지나치게 컸다. 방이 질색을 했다.

"따먹어? 저 남자 미쳤어?"

최도 소리쳤다.

"그래, 쟤가 나 따먹었어. 그래서 내가 미쳤어. 돌아버린 거야!"

문은 의자에 깊숙이 몸을 기댔다. 방과 한판 붙으려고 했던 일은 최로 인해 묻혔다. 고개를 절레절레, 방은 양의 보드카 잔을 끌어와 단숨에 비워버렸다. 양은 이 모든 광경에 신이 나서 보드카에는 관심도 없었다. 고가 듣다못해 자리에서 일어나 문 곁으로 다가왔다. 최는 고가 자리를 뜬 줄도 모르고 계속 벽을 보고 혼자 떠들었다.

"미안해요, 언니. 시끄러웠죠?"

고는 테이블 위 아무 잔을 집어 들어 홀랑 마셨다.

"닥치고, 그거 내 술잔이거든?"

문의 대답에 고는 어깨를 으쓱해 보이며 다른 테이블로 건너갔다. 이번에는 양이 문에게 속닥거렸다.

"쟤들, 같이 잤겠지?"

양이 눈짓으로 가리키는 이들은 홍과 윤이었다. 윤의 손가락이 홍의 머리카락을 헤집고 있었다. 문이 한숨을 쉬었다.

"좀, 시끄럽다고요."

무르춤해진 양이 공연히 레몬 한조각을 쿡 씹었다. 레몬물이 튀어 문이 더 인상을 썼다. 어질러진 테이블에는 마른 냅킨이 한장도 남아있지 않았다.

윤은 온통 홍에게 정신이 팔려있었다.

"나 지금 나갈 거야."

"그래서?"

"나 나간 다음에, 뒤에서 손가락 빨고 서있지 마. 진정성은 찰나의 것들이야, 어차피."

"놀고 있네."

어릴 적부터 친구였던 고의 애인이 열번쯤 바뀔 때면 홍도 한번쯤 남자를 만났다. 사랑인 척하던 그들은 금세 사라졌다. 미처 그녀가 사랑에 빠지기도 전이었다.

"너, 바보냐?"

윤은 손가락을 들어 홍의 이마를 톡톡 건드렸다. 그녀가 왈칵 소리를 질렀다.

"아, 좀 시끄러워! 기다려보라고. 좀 기다려봐. 생각 좀 해보자고!"

쟁반을 들고 빈 컵을 치워주던 해영이 화들짝 놀랐다. 춤을 추어야하니 안락의자를 제발 치워달라고 고집을 부리는 단골 때문에 끙끙대며 의자를 밀던 정민씨도 피식 웃고 말았다. 해영이 정민씨의 곁을 지나치며 중얼거렸다.

"참 하자들 많다. 하나같이 어쩜 저렇게 모자랄까?"

"너는 어떻고?"

정민씨의 말에 해영이 단호하게 대꾸했다.

"꺼져."

의자 네개를 이어붙인 자리에서 최는 잠이 들었다. 사람들에게는 더 떠들 말이 남아있었지만 서너명이 한꺼번에 좁은 무대에 올라 노래를 불러서 아무도 대화를 이어갈 수 없었다.

양은 이미 다섯곡도 넘는 노래를 불렀고 윤과 홍은 입을 맞추었다가 서로의 머리통을 끌어안았다가 싸움질을 했다. 고는 잔뜩 취한 채로 까르르 까르르, 숨넘어가게 웃어댔다. 방과 문은 구석진 테이블에서 머리를 맞대고 함께 울었다.

정민씨가 시계를 보았다. 새벽 3시.

보드카도 캐나디안클럽도 동났다. 아무도 주문하지 않은 와인들은 공짜로 내어갔다. 매운닭발을 먹느라 해영은 비닐장갑을 끼고 있었다. 그만 사람들을 다 내보내자고 투덜거리더니 매운닭발 하나에 저렇게 입이 헤벌어졌다.

썰어놓은 치즈가 조금 남아서, 정민씨는 치즈 접시를 들고 베티를 걸으며 테이블마다 조금씩 덜어주었다. 어느 테이블인가를 지나치는데 그런 말이 들려왔다.

"연민하는구나…… 미워해야지…… 그래야 안 슬픈데."

누가 한 말인지 정민씨는 굳이 돌아보지 않았다. 아무래도 상관없었기 때문이었다.

무대 위 노랫소리가 잦아들었기에 한마디 했다.

"자, 이제 다들 지친 모양인데 슬슬 베티랑 작별을 합시다. 이러다 날 밝겠어, 응?"

팬한 소리였다. 그 바람에 여기저기 널브러져 졸던 이들까지 무대로 우우 달려나갔다. 마지막이잖아. 베티랑 작별 인사를 해야지. 그들은 고함을 쳤고 온갖 노래들이 뒤엉켰다. 연주할 줄도 모르는 우쿨렐레를 품에 안고서 함부로 퉁겨대는가 하면 누군가는 피아노를 쳤다. 형편없는 실력인데다 취하기까지 해서 정민씨는 귀가 다 아팠다. 최가 부스스 눈을 떴다가 도로 잠들었다. 그런 최를 얼핏 쳐다보던 고가 새초롬하게 고개를 딴 데로 돌렸다.

아니나다를까, 얼마 지나지 않아 베티의 문이 활짝 열렸다. 낯익은 경찰들이었다.

"실례하겠습니다. 신고가 들어와서요."

마이크를 잡고 있던 양이 버럭 소리쳤다.

"아, 좀! 이제 그만 좀 하시라고요! 우리가 동네에 불을 지른 것도 아니고 말이야!"

놀란 경찰들이 뒤로 주춤, 물러났다. 정민씨가 급하게 냉장고 문을 열고 미리 준비한 비닐봉지를 꺼냈다. 포도맛 웰치스 여덟개였다. 베티에 남은 마지막 것들이었다.

경찰들을 배웅하고 돌아서는 해영을, 정민씨가 불렀다.

"해영아."

"응?"

피곤에 전 해영의 두 눈이 퉁퉁하게 부어올라 있었다.

"다음 달이면 봄이잖아."

정민씨의 말에 해영이 고개를 갸웃거렸다.

"그런데?"

"그때쯤이면 날도 따뜻할 텐데…… 우리 결혼할래?"

베티의 마지막 밤이었다.

아무도
몰랐다/

진주와 명원이 연애를 시작한 건 열여덟살, L고등학교 2
학년 때였다. 고입 연합고사 180문제 중 다섯개만 틀려도
떨어지는 지방 소재 명문고등학교였다.

　　해마다 백여명의 지원자들이 낙방했고 그들은 뭉개진
자존심을 애써 감추며 고입 전문 재수학원 특별반에 등록
했다. 재수학원에서는 특별반 아이들에게 학원비를 받지
않았다. L고등학교에 몇명을 합격시켰는지가 학원의 명성
에 가장 중요한 일이었으므로 합격자 발표가 나자마자 학

원 선생들은 불합격생들의 집으로 직접 찾아가 학원등록신
청서를 받아왔다. L고등학교 불합격생들은 멀쩡하게 합격
한 다른 고등학교 학생들보다 더 거만한 표정으로 재수학
원엘 다녔다.

진주와 명원은 고입 연합고사에서 똑같이 179점을 받았
다. 180점 만점자가 둘이나 있었고 179점은 흔해 빠진 점
수였다.

"만점 받은 애들, 둘 다 전교 3등도 못했던 애들이라며?"

"아무리 입시는 운이라지만…… 너는 어떻게 수학 1번을
틀리니? 제정신이니?"

초등학교 교사인 진주의 엄마와 중학교 미술 교사인 명
원의 엄마는 신경질이 나서 며칠 잠을 이루지 못했다.

진주는 중학교 3년 내내 전교 2등으로 성적표를 마무리
했다. 전교 1등은 몇번 했어도 3등은 해본 적 없었다. 그나
마 위로가 된 건 한 번도 시원하게 이겨본 적 없어 진주를
속 터지게 했던 전교 1등 K가 178점을 받았다는 거였다.
그러지 않았으면 입시를 치르고도 짜장면 한그릇 얻어먹지
못했을 것이다.

명원은 정말이지 분통이 터졌다. 이제껏 모의고사에서 수학을 틀려본 적은 한번도 없었다. 게다가 누구나 다 맞으라고 내어주는 1번 집합 문제였다. 한순간 머릿속 나사가 살짝 풀린 모양이었다. 틀렸을 것이라고는 꿈에도 생각지 못해서 명원은 자신이 만점을 받은 줄 알았다. 시험이 끝나고 중학교로 돌아온 후 담임에게도 만점을 받았다고 이야기했다. 전교 1등 명원을 기다리고 있던 교장이 명원의 머리통을 쓰다듬으며 끄허허헉, 기분 좋은 짐승 울음소리 같은 것을 냈다. 다음날, L고등학교에서 알려온 만점자 두명 중에 자신의 이름이 빠진 것을 알고 명원은 화장실에 처박혀 조금 울었다.

"야, 이놈의 새끼야. 내가 어제 선생들한테 너 만점 받았다고 술 다 샀는데."

담임이 웃으며 명원의 귓불을 잡아당겼다.

하지만 그때는 몰랐다.

명원의 담임이 술을 산답시고 선생들을 불러모은 자리에 명원의 엄마가 찾아가 술값을 지불했다는 것을 말이다. 담임은 "아이고, 안 그러셔도 됩니다. 제가 기분 좋아서 사는 건데요!" 빈말을 두어번 하기는 했지만 적극적으로 명원의 엄마를 말리지는 않았다. 고깃값이 많이 나와 선생들이 얼마씩 추렴해 담임의 주머니에 찔러주었는데, 담임은 그때도 "됐다니까! 내가 산다니까!" 빈말을 또 두어번 했을 뿐이었다.

진주의 엄마도 몰랐다.

진주가 단짝 친구에게 "내가 시험을 망친 건 다 우리 엄마 때문이야."라고 말했다는 사실을 말이다. 진주의 엄마는 시험날 새벽부터 일어나 전복죽을 끓였다. 들기름을 넉넉히 넣어 전복 내장을 푸르게 볶은 다음 불린 쌀을 넣었다. 점심시간에 보온도시락을 열어본 진주는 기분이 더럭 나빠졌다. 한 숟가락도 먹지 않았다.

"시험날 도시락에 죽을 싸주다니. 그래서 내가 죽을 쑨 거 아냐!"

단짝 친구는 딸 시험을 죽 쑤게 한 진주의 엄마를 두고 함께 분개했다.

그 정도의 성적으로 입학을 했다면 전교생 대부분이 명

문대에 진학해야 할 일이었지만 실상은 달랐다. 아이들은 새로운 리그에서 새로운 등수를 부여받았다. 전교 1등, 최소한 반 1등이었던 전적은 그저 아름답고 날카로운 추억일 뿐이었다.

첫 시험에서 전교 4등을 했던 날, 진주의 엄마는 빵 접시가 담긴 쟁반을 던져버렸다. 쟁반은 안방 문짝에 부딪혀 산산조각 났다. 사흘이 지나서야 진주의 엄마는 진주를 용서했다.

"한번만 더 널 믿어 볼게. 한번만 더."

진주는 분명히 알고 있었다. 다시는 전교 4등이라는 화려한 성적표를 받아오지 못할 것이라는 걸.

정말 그랬다. 두번째 시험에서 진주는 19등을 했다.

"19등? 너 지금 19등이라고 했니?"

엄마의 눈에 거짓말처럼 순식간에 눈물이 그렁그렁 올라왔고 진주는 가방을 거실에 내려놓지도 못했다. 엄마가 다시 물었다.

"그럼 반에선 몇등이야?"

진주는 가방을 고쳐 멨다. 아무래도 쫓겨날 것 같았기 때문이었다. 나가라면 나가야지, 뭐.

"반 등수가 19등."

세번째 시험에서 진주는 21등을 했다. 물론 그때도 반 등수였다. 그러고는 다시 그보다 나은 성적을 받지 못했다. 눈이 퀭해진 엄마 앞에서 진주는 종종 소리쳤다.

"어차피 누군가는 1등을 하고 누군가는 꼴찌를 하는 거잖아! 나라고 왜 꼴찌를 못 해?"

새롭게 부여받은 등수에 적응하지 못한 아이들은 주눅이 들었고, 전학을 보내달라 부모에게 떼를 썼고, 고액과외를 시작하기도 했으나 대부분 여전한 열등생으로 남았다. 명원은 전교 6등 밑으로는 내려가지 않았다.

진주와 명원의 연애가 시작된 건 학교 후문에서였다.

밤 10시가 되면 야간 자율학습이 끝났지만 대부분의 아이들은 하교하지 않았다. 상위권 아이들은 등수를 떨어뜨리지 않으려고 더 오래 남아 공부했고, 하위권 아이들은 집에 가봐야 성난 부모들의 눈총을 받을 테니 더 오래 남아 시간을 때웠다. 아이들이 생각한 적절한 하교 시간은 자정이었다. 부모 중 한명이 픽업을 해줄 수 없는 아이들은 마지막 스쿨버스 시간인 밤 10시에 별수 없이 교실을 나섰다. 진주의 아버지는 매일 진주를 데리러 왔다. 명원은 데리러 올 사람이 없었지만 그렇다고 일찍 하교하는 아이들 틈에 끼고 싶지는 않아서 12시 15분까지 학교에 남았다. 다른 아이들보다 15분 늦게 나가는 건, 차를 타고 하나하나 사라지는 아이들을 쳐다보는 일이 그리 유쾌하지 않았기 때문이었다. 그러고는 40분쯤 걸어 집에 도착했다.

진주의 아버지는 소파에 앉아 졸다가 늦게 오는 날이 잦았다. 아이들이 거의 다 사라진 후문 앞에 진주가 혼자 서 있다 보면 명원이 나타났다. 천천히 걸어가는 명원의 뒷모습을 바라본 날이 많았다. 하릴없이 기다리고 선 진주를 지나쳐 가던 명원은 어느 날부터인가 후문 앞에서 뭉개기 시작했다. 운동화 끈을 고쳐 매거나 마른세수를 하거나 혹은 아무것도 하지 않았다.

서너번 그런 일이 있고 난 뒤에야 진주는 알았다. 혼자 있는 나를 기다려주는 거구나. 같은 반도 아니었고 말도 섞어본 적 없었다. 별이 낮게 내려앉은 후문 앞에 혼자 서 있지 않아도 된다는 것이 기분 좋았다.

"아, 진짜 미안! 아빠가 깜빡 잠들었어!"

진주는 차 문을 열다 말고 명원을 불렀다.

"같이 갈래?"

머쓱해하는 명원에게 진주가 다시 말했다.

"밤인데도 덥잖아. 그냥…… 같이 가자."

그날 이후 졸업할 때까지 둘의 동승은 계속되었다. 진주의 아버지는 비밀을 지켜주었다. 공짜는 아니었다. 진주가 아버지의 흡연을 엄마에게 고해바치지 않은 대가였다. 진주의 아버지는 둘을 태워 주는 동안 차창을 연 채 네댓개비 담배를 피웠고 집 앞에 주차한 뒤 한대를 더 피웠다. 못 말리는 골초였다.

진주와 명원은 자동차 뒷좌석에서 가방으로 가린 채 처음 손을 잡았고 후문 앞 기둥 뒤에서 첫 키스를 했다. 둘 다 서툴러서 자꾸 앞니를 부딪쳤다.

진주는 엄마가 간식으로 챙겨주는 커다란 샌드위치 두 개를 매일 명원의 사물함에 넣어두었다. 음악실 뒤편 계단에 앉아 샌드위치를 베어 물며 명원이 면박을 주었다.

"어떻게 100등 안에도 못 드냐?"

100등까지만 결과를 복도에 붙이는 것이 차라리 다행이었다. 진주의 성적은 이미 200등 밖으로 곤두박질치고 있었기 때문이었다.

엄마들이 둘의 연애를 진작 알아챘다는 것을 그때의 둘은 몰랐다.

진주의 아버지는 딸의 연애를 애초 털어놓았다. 진주의 엄마가 입을 다문 건 공부 잘하는 남자애와 어울리다 보면 성적이 좀 오르겠거니 하고 기대했기 때문이었다. 설사 성적이 오르지 않더라도 손해 볼 것이 없다는 생각이었다. 가만히만 둔다면 딸은 서울대에 다니는 남자친구가 생기는 것이고 여차하면 서울대 출신 사윗감이 절로 굴러들어올 수도 있는 일이었다. 진주의 엄마는 달걀프라이만 끼워 넣던 샌드위치에 햄도 넣고 토마토도 썰어 넣었다.

명원의 엄마도 둘의 연애를 모른 척했다. 명원에게는 아버지가 없었고 피곤에 전 명원의 엄마는 매일 밤 자정에 아들을 데리러 갈 수 없었기 때문이었다. 하지만 선은 단단히 긋고 싶었다. 그래서 진주의 엄마가 근무하는 학교로 전화를 걸었다.

"저는 뭐, 그 나이 때에 예쁘고 순수하게 만나는 것, 굳이 반대하지 않습니다."

"네, 그럼요. 저도 그렇게 생각합니다."

"스무살 넘어 애들이 연애라도 하면 모를까, 벌써부터 엄마들이 참견하는 것도 우습고요."

"네, 그렇죠."

"둘이 신림동 나란히 가면 좋겠지만 그게 아니라도 신촌에도 좋은 대학 있고…… 요즘 애들은 서로 학교 친구들도 소개해주고 그러면서 인맥도 넓히잖아요?"

진주의 엄마는 슬슬 배알이 꼬이기 시작했다. 어디서 공부 잘하는 아들 가진 유세인가 싶었다.

"요즘 성적이 많이 떨어져서…… 숙대 정도만 가도 괜찮다 생각하고 있습니다. 더 잘하면야 좋겠지만요."

말은 그렇게 했지만 숙대 정도라니. 언감생심 꿈도 못 꿀 일이었다. 망할 년. 명원의 엄마가 고까워 진주의 엄마는 그날 밤 자정 지나 돌아온 진주의 등짝을 별 이유도 없이 세번이나 내리쳤다. 진주는 제가 얻어맞은 이유를 끝끝내 알 수 없었다.

진주와 명원은 주말이면 시립도서관엘 같이 갔다. 시립

도서관 열람실은 밤 9시면 문을 닫았다. 둘은 8시에 도서관을 나와 어두운 골목을 걸었다. 더 어두운 골목이 있기를 바랐지만 두 사람이 원하는 정도의 어두운 골목은 세상에 존재하지 않았다.

기어이 가장 어두운 정도의 골목을 찾아 고양이처럼 숨어들면 명원은 진주의 가슴을 헤집었고 진주는 명원의 목을 껴안았다. 명원의 단단해진 아랫도리를 느끼며 진주는 언제쯤 스무살이 되려나 생각했다. 브래지어 속으로 손을 넣는 걸 진주가 허락하지 않아 명원은 애가 탔다. 밤마다 진주의 가슴을 상상하느라 새벽녘이면 진이 다 빠질 지경이었다.

결국 둘은 마침맞게 어두운 장소를 찾아냈다.

낡은 연립주택이었다. 3층까지 오른 뒤 계단을 반바퀴만 더 오르면 옥상으로 통하는 문이었다. 옥상 문은 잠겨있었고 그 계단참에 몸을 숨기면 아무에게도 들킬 일이 없었다.

명원이 나직나직 이야기를 꺼냈다.

"겨울이었는데 말이야. 초등학교 4학년이었어. 열한살. 시내에 중앙만둣집 알지? 거기 만두가 그렇게 먹고 싶더라고. 내가 뭘 그렇게 조르는 편이 아닌데, 그날은 아주 줄기차게 졸랐다? 천원만 달라고. 만두를 사 오겠다고. 그때 만두가 천원이었거든. 끝내 돈을 얻어서 만두를 사러 갔어. 추워서 점퍼 입고, 두꺼운 장갑 끼고. 그런데 장갑이 너무 두꺼웠던 거야. 손에 쥔 천원을 떨어뜨린 줄도 몰랐던 거지. 그 천원을 다시 찾겠다고 눈 내리는 거리를 내내 걸었어."

진주는 고작 그 이야기에 눈물이 날 뻔했다. 하지만 내색하지 않았다.

"귀여웠겠다, 그때 너."

명원이 말했다.

"아니, 지옥 같았어."

진주는 추위에 하얗게 질린 채 천원짜리 한장을 찾겠다고 눈길을 헤맨 명원이 가여워 미칠 것만 같았다.

"나는 왜 아버지도 없고, 천원도 없나. 뭐 그런 생각이 들었어."

"그게 무슨 상관이라고."

"그땐 상관이 있었어. 나는 아무것도 없는 소년인 것 같았어."

명원은 가방에서 필통을 꺼내 낡은 볼펜 한자루를 보여
주었다.

"아버지가 돌아가시기 전에 준 거야. 스무살 되면 쓰려
고 했는데, 얼마 전부터 쓰기 시작했어."

은색 파카 볼펜이었다.

하지만 그때 진주는 몰랐다. 명원이 연립주택 꼭대기 계
단참에서 그 이야기를 꺼낸 진짜 이유를 말이다.

명원은 애가 말라도 너무 말랐다. 진주의 가슴을 한번만
이라도 만져보지 못한다면 다음 모의고사를 완전히 망쳐
버릴 것 같았다. 온종일 그 생각뿐이었다. 새초롬한 진주는
결정적인 순간마다 몸을 빼곤 했다.

그때 꺼낸 만둣집 천원 사건은 매우 적절했다. 은색 파카
볼펜 이야기까지 꺼내자 진주는 명원이 가여워서 견디지
못하겠다는 얼굴로 가슴을 허락했던 것이다.

그렇다고 만둣집 천원 사건이 거짓말인 건 아니었다. 눈
이 온 것까지는 아니었고 대충 길을 헤매고 다니다 집에 돌
아와서 엄마에게 머리통을 몇대 쥐어박혔다. 어릴 적 한번
은 겪을 만한 일이었고 서러울 것도 없었다. 은색 파카 볼

펜은 아버지 것이 아니었다. 아버지 임종 즈음 병원에 찾아왔던 작은아버지가 흘리고 간 거였다. 비싸 보였고 딱히 돌려줄 만한 기회도 없어서 가지고 있었다.

진주와 명원은 이후로도 오래 만났다.

명원은 서울대생이 되었고 진주는 서울의 한 여대에 진학했다. 명원의 학교 근처 모텔에서 처음 섹스를 했고 진주의 학교 앞 주점에서 처음으로 맥주를 마셨다.

월말이 되면 일주일에 세번도 넘게 모텔에 갔다. 둘 다 매달 25일에 용돈을 송금받았기 때문이었다. 두주 정도가 지나면 모텔에 갈 돈이 남아있지 않았다. 명원은 지하철이 끊기기 전에 기숙사로 돌아갔고 용돈을 받기 전 마지막 주가 되면 아예 진주에게 오지도 않았다.

"네가 좀 와. 아니면 다음 주에 보던가."

기분이 나빠진 진주는 가고 싶지 않았지만 동시에 가고 싶었다. 약이 오르는 것과 보고 싶지 않은 것은 별개의 문제였다. 화가 나서 명원의 학교 앞으로 갔고 지하철 막차 시간이 되었지만 돌아가고 싶지 않아서 싸웠다.

"너는 왜 이렇게 생각이 없니? 왜 마음 가는 대로 막 행동하는 거야?"

마치 어른인 양 구는 명원이 얄미워 진주는 엉엉 울었다. 명원은 진주를 주점에 앉혀둔 채 근처에 사는 선배에게서 돈을 빌려왔다. 가장 허름하고 가장 싼 모텔을 찾아 들어간 후, 둘은 마치 신혼부부처럼 싸워댔다. 신혼부부로 살아본 적은 없지만, 신혼부부들이란 매일 피가 터지도록 싸운다니, 아마 신혼부부처럼 싸운다는 표현이 틀리지는 않았을 것이다.

"너, 나랑 헤어지고 싶어서 이러는 거지?"

진주의 앙칼진 질문에 명원은 기가 막혔다.

명원은 여태 진주 외에 다른 사람을 마음에 두어본 적 없었다. 후문 앞, 어두운 밤에 혼자 선 진주를 보고 그저 저 아이가 무사히 집에 들어가는 것을 지켜보아야겠다, 생각한 이후부터 그랬다. 사랑이 무엇인지는 아직 잘 모르지만, 의리 같은 것이 아닐까 막연히 상상했다.

걸핏하면 징징 울고 걸핏하면 따지고 드는 진주가 못마땅하지 않은 건 아니었다. 하지만 그런 사소한 이유로 헤어질 수는 없었다. 더 큰 어른이 될 때까지 명원은 진주의 곁에 있어야 한다고 생각했다.

"너야말로 그런 거 아냐? 나랑 헤어질 핑계 찾는 거 아냐?"

명원이 소리치면 진주는 더 크게 울었다.

솔직히 말하자면 헤어지고 싶은 적이 많았다. 다정하지도 부드럽지도 않고 고등학교 시절처럼 진주를 안고 싶어 안달복달하지도 않는 명원에게 화가 났다. 충만하게 사랑받는 느낌 같은 것이 없었다.

하지만 진주는 헤어질 수 없었다. 진주에게도 사랑이란, 의리 같은 것이었다. 그 의리를 지탱하는 것이 연민이기도 했다. 열한살 소년의 장갑 낀 손바닥 안에서 사라져버린 천원짜리. 어느 순간 사라져버린 아버지와 천원짜리. 다시는 명원이 그런 상실감을 느끼지 않기를 바라는 마음. 그것이 사랑이라고 진주는 생각했다.

그래서 그들은 서른살이 될 때까지 만났다.

하지만 둘은 서른살이 될 때까지 몰랐다.

사람들은 서로가 지겹거나 미워질 때 큰 미련 없이 헤어진다는 것을 말이다.

다들 지겨운 것을 참고, 미워지는 마음을 억누르며 사랑

을 하는 줄로만 알았다. 짧게는 두달, 길게는 여섯달, 일곱
달이 되도록 데이트를 거른 적도 있었지만 둘은 여전히 애
인 사이였다.

"아유, 징그러워. 10년도 넘게 만나는 걸 보면 쟤들 진짜
사랑하나봐."

친구들이 비아냥거릴 때면 진주와 명원도 비아냥에 동
참했다.

"웃기시네."

"사랑은 개뿔."

그러면서도 헤어질 줄을 몰랐다.

명원은 병역특례를 마친 뒤 자동차회사 연구원으로 입
사했고, 입사시험에 번번이 떨어진 진주는 일단 대학원에
들어가 시간을 벌었다. 영문학을 전공한 진주가 IT 스타트
업 회사에 통역직으로 들어갔을 때 명원은 한심하다는 표
정을 숨기지도 않았다.

"몇년 다니고 말 것도 아닌데 오래 다닐 회사를 찾아야
지. 넌 정말."

하지만 몇년이 지나면서부터 명원은 진주 앞에서 더 오

만할 수 없었다. 진주네 회사는 놀라운 속도로 성장했고, 서른네살이 되었을 때는 명원의 연봉을 저만치 앞섰다. 진주가 한 회사에서 착실하게 호봉을 높이고 있는 동안 명원은 네번이나 이직을 했는데, 희한하게도 자꾸만 별 볼 일 없는 곳으로 이직을 하는 기이한 행보를 보였다.

서른살이 넘으면서부터는 1년에 두세번씩 헤어졌다. 헤어지는 이유는 싱거웠고 또한 다채로웠다.

"넌 내가 대학원에 들어갔을 때도 비웃었지? 내가 하는 일은 다 우습지? 너만 잘난 거 같지?"

진주가 대학원에 진학한 것은 스물다섯살 때였다. 그렇게 5년도 지난 일을 가지고 새삼 헤어지기도 했고, 늦은 퇴근 후 야식을 시켜 먹자는 명원의 말에 "아우, 집에서 뭐 시켜 먹으면 냄새나. 니네 집에 가서 먹어."라고 진주가 대답하는 바람에 헤어진 적도 있었다.

그날 명원은 화를 참지 못하고 이렇게 말했다.

"너랑 만나는 일, 정말 자괴감 느껴져."

진주는 솟구쳐오르는 짜증을 겨우 눌러 참으며 입속으로 중얼거렸다.

"별……"

명원은 그 웅얼거림을 알아듣고야 말았다.

"별? 별 뭐? 끝까지 말해봐!"

아마 서른세살이었을 텐데, 그때의 냉전은 꽤 오래갔다.

"별 웃기는 소릴 다 하고 있네. 족발 안 시켜준다고 자괴감?"

진주가 그 말만 하지 않았어도 나았을 텐데, 참지 못했던 것이다. 그래도 그들은 곧 다시 만났다. 습관 같은 연애였다. 진주와 명원은 가끔 하는 데이트에서 서로의 일과 미래를 이유도 없이 추어주다가, 그나마도 내키지 않으면 토라졌고, 또 헤어졌다. 그러다가 둘은 마침내 서른여덟살이 되고야 말았다. 맙소사.

"내가 대학원에 간다고 할 때 니가 뭐랬어? 왜 그렇게 인생에 책임감이 없냐고 그랬지?"

진주는 바락바락 악을 썼다.

명원은 대답하지 않았다.

"근데 이게 다 뭐야?"

진주가 손에 들고 흔든 건 의학전문대학원 입시 교재였

다. 명원의 19평 전세 아파트에서는 그런 책이 열권쯤 발견되었다.

"너도 대학원엘 가서 일이 잘 풀렸잖아. 나도……"

"내가 대학원에 가서 잘 풀렸어? 그렇게 생각해? 난 그냥 쪽팔려서 간 거야. 취직도 못 하고 백수건달 되는 게 부끄러워서 간 거라고!"

"늦지 않았어. 난 지금이라도 길을 바꿀 거야."

진주는 기가 막혔다.

"니 나이 서른여덟에 의전원 시험을 보겠다고? 너야말로 왜 그렇게 인생에 책임감이 없니?"

"그게 왜 책임감의 문제야?"

책임감의 문제는 아니었다. 진주도 알고 있었다.

다만 화를 내고 싶었다.

열여덟살에 만나 사랑에 빠지고 서른여덟살이 되도록 떼어내지 못하는 지지부진, 지리멸렬한 사랑. 그런 걸 이제 끝장내고도 싶었다. 정말 사랑을 하기는 하는 건지, 이런 것도 사랑이라 쳐야하는 건지, 누가 좀 말을 해주었으면 좋겠다고 생각했다.

명원도 지지 않고 대거리를 했지만, 그의 논리는 애초 역

부족이었다. 의전원 입시를 준비하는 것이 맞는 일인지도 스스로 몰랐다. 그래서 명원의 대거리는 시시했다.

그 모습이 보기 싫어 진주는 이제 정말 끝내자는 이야기를 하려고 했다. 의자를 끌어와 명원의 얼굴을 마주보고 앉았다. 고개를 든 명원은 가여운 아기곰 같았다. 헤어지자는 이야기를 시작하려고 입술을 옴짝이던 진주가 내뱉은 말은 이거였다.

"그냥…… 결혼하자. 이럴 거면, 이렇게 살 거면."

명원의 눈이 동그래졌다.

명원도 입술을 옴짝이다가, 대답했다.

"그러자. 그냥 그래 버리자."

명원은 몰랐다.

그날 명원을 만나기 전, 진주에게 무슨 일이 있었는지.

진주에게는 종종 만나는 개발자가 있었다. 약삭빠르고 진중하지 않은 남자였다. 하지만 애인이 될 생각이 없었기에 아무려나 상관없었다. 회사 근처에서 사케를 몇잔 마신 뒤 함께 자는 게 다였다. 별 의도도 없이 1년쯤 지속한 관계였다.

그러는 동안 개발자는 애인을 두어번 바꾸었고 진주도 명원과 몇번 헤어졌다 다시 만났다. 이번에 새로 생긴 개발자의 여자친구는 정말이지 보통내기가 아니었다. 개발자와 진주가 몰래 만난다는 것을 알고 회사를 발칵 뒤집어놓은 거였다. 망신도 그런 망신이 없었다. 너 저런 애를 왜 만나니, 진심으로 개발자를 앉혀놓고 충고해주고 싶은 심정이었으나 삼각관계의 당사자인 주제에 그럴 수는 없었다.

진주의 참을성이 조금만 덜했더라도 당장 사표를 던지고 나왔을 일이었다. 동료들 보기에 면이 서지 않았다. 잡아뗄 만큼 잡아떼다 결국 개발자를 세상에 없는 바람둥이로 몰아가는 방법을 택하고야 말았다. 개발자의 바람기는 알 만한 사람들이 다 아는 일이라 어렵지 않았다. 그것에 마음을 다친 개발자 녀석이 전화를 걸어왔다.

"너 뭐냐? 너 걸레냐?"

아무리 생각해도 흉측한 일이었다.

걸레 운운 소리가 머릿속을 떠나지 않고 왱왱 맴돌아 명원의 집을 찾아갔던 것이다. 그리고 아기곰처럼 가여운 얼굴로 자신을 쳐다보는 명원을 보자, 회사 내의 추문에서 벗어나는 방법은 결혼밖에 없다는 결론에 이르렀다. 무엇보다 진주는 이제, 연애고 뭐고 다 집어치우고 싶었다.

　진주도 몰랐다.

　명원에게 다른 애인이 있다는 것을 말이다.

　명원의 새 애인은 고교 동창 K였다. 그러니까 중학교 시절, 전교 1등 자리를 내놓지 않아 진주의 애를 마르게 했던 그 K. 법대를 졸업하고 고등학생 과외를 뛰고 있는 K와 명원은 일주일에 한번쯤 만났다.

　"의전원이나 갈까 봐."

　K는 명원의 하소연을 잘도 들어주고 아낌없는 응원을 보냈다. K는 수수하고 다정했다.

　"나 공부 참 열심히 했는데. 그랬는데 아직 변두리 동네 19평 전세가 다야. 그게 다야."

　K는 명원의 말에 화들짝 놀랐다.

　"정말 부모님 도움 하나 없이 혼자서 전셋집을 마련한 거야? 역시, 어릴 때부터 대단하다 싶었어. 난 아직 원룸 신세인걸. 사법시험 준비한답시고 까불다가."

　K가 성실하고 똑똑했다는 것을 명원도 잘 알고 있었다.

　성실하고 똑똑해봐야 별 볼 일 없는 어른이 될 수도 있다는 것을 K도 알고 있는 것 같아 안심했다. 의전원 입시 준비를 하느라 한참을 허송세월한다 해도 소박한 K는 기다려 줄 것 같았다. 변두리 동네 19평 전세 아파트에서 함께 살자 해도 기쁜 얼굴로 그러마고 할 것 같았다.

그런데도 결혼을 하자는 진주의 말에 고개를 끄덕인 건, 그게 더 나을 거란 생각 때문이었다. 바짝 공부를 해 내년 안에 합격하더라도 결국 긴 공부였다. K는 지켜보아 주겠지만 도와줄 수 있는 형편은 아니었다.

진주는 달랐다. 둘이 살던 전셋집을 합쳐 넓고 쾌적한 곳으로 옮길 수도 있었고 생활비 걱정 없이 공부에 전념할 수도 있었다. 나중에 명원이 개원을 해서 그간 진 마음의 빚을 갚으면 될 일이었다. 20년의 애정은 아무리 보잘것없다 한들 아무나 흉내낼 수 있는 것이 아니었다. 명원이 끄덕이지 않을 이유가 없었다.

"20년을 연애하고 결혼까지 하다니, 정말 참신한걸."
친구들은 너나없이 신이 나서 나불거렸다.
두 엄마는 몇번의 신경전을 거쳤으나 곧 서로 크게 손해 나는 일이 아니라는 점에 동의했고, 명원은 미련 없이 공부를 접었다. 둘이 합친 돈이 꽤 된다는 것을 깨닫자 굳이 그 돈을 공부에 처박기 싫어진 탓이었다.

결혼 준비는 순조로웠는데, 그건 둘 다 심드렁했기 때문이었다. 둘의 집 중 그래도 더 넓은 진주의 집을 신혼집으로 결정했고, 가구며 가전제품도 둘이 가진 것 중 더 나은 것을 골라 유지하기로 했다. 신혼여행지도 대충 골랐다. 명원은 여행을 귀찮아했고 진주는 어지간한 여행지를 이미 다 가보아서 그냥 가까운 일본 료칸을 예약했다.

예물은 반지 하나씩만 나누어 끼었다. 그래도 그것만큼은 꽤 비싼 브랜드로 골랐다.

"반지는 진짜 거치적거려서 싫은데."

"됐어."

"차라리 금두꺼비 같은 걸로 해서 소장할까?"

"시끄럽다고."

진주는 명원의 말을 가볍게 묵살했다.

깨알만 한 다이아몬드가 박힌 금반지는 말도 안 되게 비쌌지만 다른 자잘한 일들에서 진주가 양보해준 게 많았으므로 명원도 더 고집을 부리지는 않았다.

진주의 추문은 예상보다 쉽게 사그라들었고, K도 명원

의 결혼 소식에 크게 반발하지 않았다. 그래서 진주와 명원은 아무런 풍파 없이 20년을 오로지 사랑만 해온 사람들처럼 말짱한 얼굴로 결혼 준비를 쓱쓱 해치웠다.

결혼식은 조촐하지 않았다. 30대 후반, 딱히 놀거리가 없었던 고교 동창들이 모조리 몰려왔고, 12년 근속을 한 진주의 회사 동료들도 빠짐없이 참석했다. 명원은 고향 어른들을 버스 세 대로 몽땅 실어왔다. 5만5천원짜리 떡갈비 스테이크가 700접시나 나갔다. 축의금은 고스란히 떡갈비 스테이크값으로 나갔고 진주와 명원은 식장 앞 100평짜리 호프집을 통째 빌렸다. 명원은 술을 많이 마셨다.

"반지 어쨌어?"

진주는 명원의 손가락이 비어있다는 것을 깨달았다.

"반지?"

술이 번쩍 깨는 모양이었다.

반지 낀 손가락이 갑갑하다는 둥 흰소리를 지껄이며 몇 번을 꼈다 뺐다 하는 것을 진주도 멀찍이서 지켜본 터였다. 저럴 줄 알았지. 결혼식이 끝난 지 다섯 시간도 되지 않아 반지를 잃어버리다니. 진주는 기가 막혔다.

동창 녀석 하나가 명원의 곁에 서서 중얼거렸다.

"이건 10년짜리다."

한 녀석이 더 말을 보탰다.

"10년짜리긴. 이건 30년짜리지. 무병장수한다면 50년 짜리도 될 수 있어. 넌 이제 죽었다. 결혼식 날 결혼반지를 날려먹다니. 진짜 이 커플은 놀라워. 대박이야."

피로연 비용은 공동 통장에서 쓰기로 했지만 명원은 슬 그머니 제 카드를 꺼냈다. 조금이라도 덜 욕먹는 방향으로 가야 했다. 300만원 술값을 6개월 할부로 그었다. 속이 쓰 렸다. 진주는 눈을 매섭게 한번 흘긴 후 명원의 머리통을 껴안아주었다. 다행이었다.

"앞으로 미친놈처럼 나한테 충성해! 이 또라이야!"

명원은 프러포즈를 받던 그날처럼, 아기곰을 닮은 얼굴 로 헤벌쭉 웃었다. 다른 수가 없었다.

하지만 그때는 아무도 몰랐다.

혼자만 바람둥이 취급을 받은 개발자는 진주에게 복수 를 하고 싶어 안달이었다. 결혼식 훼방을 놓은 대가로 설령 회사를 더 못 다니게 되더라도 상관없었다. 똑똑한 개발자를 기다리는 회사는 얼마든지 있었다. 까짓 이직하지, 뭐.

술에 취한 명원이 화장실에 가는 것을 보고 따라나섰다. 명원이 소변기 앞에 섰을 때 개발자는 화장실 칸막이 안으로 들어갔다. 그리고 전화를 거는 척했다.

"시발, 걸레 같은 년이 시집을 다 가네. 그래, 그년. 지금 피로연 중이야. 남편 새끼는 아무것도 몰라. 아무것도. 그년이 어떤 년인지도 모르고. 걸레 같은 년인데."

개발자는 목소리를 점점 높였다. 겁이 나지 않는 것은 아니었다. 등이 서늘해졌지만 자신이 회사에서 받은 수모를 생각하면 이 정도는 별거 아니라고 스스로를 다독였다.

밖은 조용했다. 물소리도 나지 않았다. 놀랐나 보군. 지금 나가면 한대 맞게 될까? 조금 있다가 나갈까? 개발자는 변기에 앉아 숨을 골랐다. 여전히 밖에서는 아무 소리도 들려오지 않았다.

K도 아무도 모르는 비밀을 지닌 채 집으로 돌아가고 있었다.

피로연 장소에 나타난 K를 보고 명원은 몹시 놀란 듯했다. K는 예의 그 소박한 얼굴로 웃어 보였다. 엉거주춤 맞은편 자리에 앉는 명원에게 술도 따라주었다. K와 명원이 몰래 만나왔다는 것을 아는 친구는 아무도 없었다. 아무도 증명해줄 수 없는 관계.

언젠가 K는 동창 모임에서 진주가 농담이랍시고 떠드는 소리를 들었다.

"마흔살 여자는 두 종류로 나뉘어. 아파트에 사는 여자, 그리고 원룸에 사는 여자."

그날 비혼의 여자 동창들은 꺅꺅 소리를 질러댔다.

"뭐야! 가슴이 확 쪼그라드는데? 마흔이면 우리 얼마 안 남았잖아!"

"야, 그런 말 무섭다, 좀."

깔깔대는 친구들을 보며 진주가 말했다.

"그러니까 우리도 긴장 좀 하며 살아야 한다고. 우리 금방 마흔이다?"

살면서 그토록 치욕적인 농담은 들어본 적이 없었다. 보증금도 다 깎아먹은 월셋집은 곧 비워주어야 했다. 도대체 어디서부터 잘못된 거였을까?

대학 시절 시작한 사법시험 공부는 K의 모든 것을 망쳐버렸다. 사법시험 합격이 영영 불가능한 일이라는 것을 깨달은 건 서른두어살 무렵이었지만 그때도 그만둘 수 없었다. K가 취직할 수 있는 곳은 아무데도 없었다. 이력서 한 줄 채울 수 없는 인생이라는 것이 믿기지 않아서 K는 사법시험 공부를 계속했다.

로스쿨 입학시험마저 떨어진 K에게 19평 전세 아파트를 가진 명원은 동아줄 같았다. 명원의 단단한 팔뚝 아래로 파고들어 곤한 잠을 자고 싶었다. 어찌어찌하다 보니 몇번의 섹스가 있었고, 그것이 사랑은 아니었다 해도 앞으로 사랑하면 될 일이었다. 그의 19평 아파트로 숨어들고 싶었다.

하지만 얼마 지나지 않아 명원은 몹시 공손한 표정으로 K에게 이별의 말을 전해왔다. K의 전화라면 아예 받기도 싫어하는 엄마나 언니에게 연락을 넣어 월세 낼 돈을 빌려야 했다. 지긋지긋한 인생이었다.

그렇다 해서 보복을 결심한 건 아니었다. 공교롭게도 명원이 K가 앉은 테이블로 와서 술을 마시고 반지를 만지작거리다 떨어뜨렸을 뿐이었다. 정말이다. 주워주려고 했다. 하지만 바닥을 구르던 반지가 손에 닿는 순간 가슴 한곳이 빠르게 식었고, K는 반지를 주먹 속에 감추었다.

반지는 가방 속주머니로 얌전히 옮겨 놓았다. 시간이 조금 지난 후 진주를 직접 만나 돌려주고 싶었다.

왜 네가 이 반지를 가지고 있니?

진주가 묻는다면, K는 대답하지 않을 참이었다. 그냥 조용히 미소 지어야지.

몰라서 묻니? 그 사람, 이 반지 끼기 싫어했는데?

그런 표정으로 진주를 오래 쳐다볼 것이었다.

K는 피로연이 끝나고 집에 돌아가 가방을 옷장에 처박았다. 반지를 꺼낸다면, 밀린 월세 걱정에 팔게 될 것 같아서였다. 그렇게 사소하게 써먹을 수는 없었다. 노랗게 질린 진주의 얼굴을 제 눈으로 꼭 보고 싶어서 K는 참고 또 참았다. 가방은 옷장 안에서 오래 묵었다.

그래서 아무도 몰랐다.

명원은 술에 취해 화장실 안쪽 칸에서 주절주절 떠드는 개발자의 목소리를 하나도 듣지 못했다는 것을. 번잡한 골목을 돌아 허겁지겁 원룸으로 숨어드는 K의 뒤에 붙어서서 잭나이프로 가방을 긋는 청년이 있었다는 것을.

뒤늦게야 화장실 칸에서 문을 빼꼼 열고 나온 개발자는

떨리는 가슴으로 택시를 잡아타고 집으로 달아났다. 신혼 여행에서 돌아온 진주의 표정은 지쳐 보였지만 이혼 소식은 들려오지 않았다. 쇼윈도 부부로 남을 작정인가? 궁금했지만 물어볼 수도 없었다.

반지를 훔친 소매치기는 반지 안쪽에 새겨진 이니셜을 갈아내고 중고매장에 팔아넘겼다. 보증서가 없어 제값을 받지는 못했지만 제법 많은 돈을 손에 쥐었다. K는 반지를 팔고 싶은 마음을 여태 꾸역꾸역 참는 중이었다.

모두
잘 지내나요 /

내 첫 책은 『비혼주의자 고대리의 연애 뒷담화』였다. 유치한 제목에도 8만부가 팔렸다.

"서른세살이면 좀 애매한 나이 아닌가?"

편집자 송은 초고를 받아들고 꿉꿉한 표정을 지었다. 영화는 내리 세편을 올린 작가였지만 책은 처음이라 나는 편집자를 어떤 태도로 대해야 하는지 몰라서 가만히 입을 다물고 있었다.

"그리고 고대리가…… 너무 매력이 없지 않아요? 능력

있는 여자도 아니고 되게 이쁜 여자도 아니고. 독자들은요, 아무리 아니라고 우겨대도 결국은 자기보다 나은, 닮고 싶은 주인공들을 보고 싶어 하거든요. 영화도 그렇잖아요. 안 그래요, 고작가님?"

능력 있는 여자가 되어본 적도, 되게 이쁜 여자가 되어본 적도 없어서 나는 다른 주인공을 내세울 수 없었다. 그리고 내가 서른세살이라 서른세살 주인공의 이야기밖에 할 줄 몰랐다. 내 인생의 경험치는 매우 낮았다. 보통의 서른세살 여성이 어떤 인생을 살고 있는지 사실 잘 몰랐다. 나는 그동안 영화사에서 고작가, 고작가님, 야, 혹은 시호야 등으로 불렸다. 내가 아는 건 그런 삶뿐이었다. 그런데도 책을 쓴 건 그동안 개봉한 영화 세편이 우연찮게도 모두 비혼여성들의 이야기였기 때문이었다. 세편 다 그럭저럭 흥행에 성공했다. 웃기는 일이지만 나는 대한민국에서 비혼여성들의 심리를 가장 잘 아는 작가 취급을 받고 있었다.

편집자 송이 내 원고를 깐 것인가, 안 깐 것인가 파악을 하지 못한 상태로 집으로 돌아왔다. 그리고 일러스트레이터 C에게 전화를 걸었다.

"그림값 따로 못 줘. 내 인세에서 2% 떼어줄게. 그냥 네

프로필 한줄 추가한다 생각하고 할 수 있겠어?"

　나이 서른셋에 저런 말에 넘어간 걸 보면 C도 나만큼이나 모자란 친구였다. 두달이 지나 원고를 조금 손보고 공짜 삽화까지 곁들여 가자 편집자 송은 얼굴을 풀었다.

　스물세살에 시작해 아무 프로필 없이 이름만 작가로 살아오다가 스물아홉에 첫 영화를 올렸다. 그리고 세편을 채웠지만 내가 번 돈은 미미했다. 영화는 또 언제 들어올지 몰랐고 그나마 내 이름을 아는 몇몇이 있을 때 책이라도 내는 편이 낫다고 주변에서 부추겼다. 그래서 쓰기 시작했던 『비혼주의자 고대리의 연애 뒷담화』는 내 인생을 바꾸어놓았다. C에게도 인세 2천만원을 챙겨줄 수 있었다.

　두번째 책이 나온 건 2년이 지나서였다. 고대리는 나이를 먹어 고과장으로 승진을 했고 이야기의 수위도 살짝 높여 『비혼주의자 고과장의 섹스 뒷담화』를 만들었다. 편집자 송은 삽화를 또 거저먹으려 들었다. C는 300만원만 받고 모든 저작권을 내놓았다. 내 몫의 인세를 건드리지도 않았다. 그 애는 왜 그 모양인 걸까. 출판사는 고과장 캐릭터를 넣은 다이어리와 달력, 파우치와 스티커 등을 만들어 팔았다. 책은 놀랍게도 12만부가 넘게 나갔다. 도대체 누가 이 시시껄렁한 책을 사보는지 궁금해 서점 매대 멀찍이 서서 한참을 바라보다 온 적도 있었다. 소설도 아니고 에세이도 아니고 자기계발서라 하기에도 무엇한, 정체 모호한 이 책은 희한하게도 잘 나갔다.

나는 종종 라디오 프로그램에 출연해 시답잖은 연애상담을 해주었고 잡지에 고정 꼭지를 가지게 되었다. 내 얼굴은 몰라도 이름은 아는 사람이 늘어났고 작가보다 연애칼럼니스트, 섹스칼럼니스트라 불리는 날이 더 많았다. 그렇게 불리고부터 원고료가 많이 올랐기 때문에 아무려나 괜찮았다. C는 서른다섯 내 생일날 가로세로 1미터짜리 그림을 선물해주었다. 고과장의 캐릭터 일러스트였다. 나는 스물여섯평 오피스텔, 3인용 이케아 소파 뒤편에 그림을 걸었다.

원재는 말수가 적은 녀석이었다. 이케아 소파에서 담요를 돌돌 말고 데굴거리던 내가 문득 고개를 들어 임신했다고 말했을 때 원재는 자신이 왜 그렇게 놀란 표정을 지었는지 말로 하지는 않았다. 하지만 나는 그의 표정에서 세가지 정도를 짚어낼 수 있었다.

첫번째는 '서른다섯에도 자연임신이 가능했던 거야?'라는 거였는데, 그 표정이 하도 적나라해 실제로 원재가 아무 말 하지 않았는데도 나는 기분이 확 나빠질 정도였다. 두번째는 '나 그렇게 결혼에 목매는 남자 아닌데. 이제 아기 때문에 별수없이 결혼을 해야 하는 건가?'라는 고민이었다. 세번째는 '그래, 어찌어찌 결혼이야 하겠는데 그 상대가 꼭 너라는 확신은 아직 없거든?'이라는 표정이었다.

세가지 모두 충분히 이해할 수 있었다. 우리는 4년 동안 연애를 했다. 다정했고 무심했고 짜증을 냈고 잠깐 헤어지기도 했지만 아무 일도 없었던 듯 일주일이면 다시 만나 뼈다귀해장국이나 크랩로제파스타를 먹는 사이였다. 그는 여러가지 표정을 지어 보이다가 큼큼 목소리를 가다듬었다.

"그래도 이왕 이렇게 됐으니, 뭐."

애절할 것도 없는 우리가 내릴 수 있는 가장 무난한 결론이었다. 나도 동의했다.

쉽게 동의하지 못한 건 엄마였다. 나도 엄마가 호락호락하지는 않을 거라 예상하고 있었다. 원재는 몹시 놀란 모양이었다. 그리고 자존심도 다친 듯했다. 그도 그럴 것이 원재의 부모님은 나를 만나볼 것도 없이 그저 좋아 야단이었기 때문이었다. "결혼? 그딴 건 절대 안 할 거니까 기대 마요." 큰소리치던 막내아들이 여자를 데려온다니, 게다가 이미 배도 불러오고 있다 하니 생전 연락 없이 살던 삼촌이며 고모, 미국에 사는 이모까지 원재에게 축하 전화를 걸어왔다. 그런데 우리 엄마가 더 들을 것도 없다는 듯 전화를 끊어버린 거였다. 나는 뒤통수를 비비적거렸다.

"서운한가봐. 내내 혼자 살 것처럼 굴어놓고 이러니까. 덜컥 임신한 것도 창피한 모양이고."

원재는 대답 없이 어깨를 한번 으쓱해 보이고는 점퍼를 집어들고 제집으로 돌아갔다.

엄마는 이제 예순다섯이었다. 나는 서른다섯이어서, 넉넉하지는 않지만 강의나 원고료로 빚은 안 지고 살고 있으며 인세를 모아 전셋집도 구했다. 결혼 따위 연연하지 않고 그렇게 사는 나를 엄마는 늘 칭찬했다.

"혼자 서울서 저렇게 사는 거 보면 참 기특하지. 내 새끼지만 똑똑해, 참말로."

나는 엄마의 그런 말들을 이유식처럼 받아먹으며 매일매일 더 튼튼한 비혼 여자로 자랐다. 하지만 말없이 현관문을 밀고 나가는 원재의 뒷모습을 바라보고 있자니 엄마에게 왈칵 서러움이 밀려왔다. 그래서 다시 전화를 걸었다.

"엄마는 내 인생이 가엾지도 않지?"

"니가 왜 가여운데?"

"이제까지 혼자 살았잖아, 외롭게."

"니가 외로웠나?"

내가 외로운 걸 몰랐다니. 엄마는 바보야?

"외로웠지. 엄마가 그것도 모르고."

"외로우면 말을 하지. 말을 안 하는데 내가 어떻게 알아?"

"엄마랑 고변 눈치 보느라 말을 못 했잖아."

나는 엉엉 울어버렸다. 한번 울기 시작하자 어린애가 된 기분이었다. 나는 전화통을 붙잡고 서럽게, 서럽게 울었다. 멀리 강릉집 안방 문이 엄마의 한숨에 파르르 흔들리는 소리가 들려왔다. 정말이다. 엄마의 한숨은 깊었을 것이고 낡은 안방 문은 분명 흔들렸을 것이다.

나는 엄마가 왜 그러는지 안다. 고변 때문인 거다. 고변, 그러니까 고변호사는 내 언니다. 엄마는 변호사가 된 큰딸이 자랑스러워 고변, 고변 몇번 불러보다가 이내 입에 붙었다. 우리 가족은 그런 엄마를 우스워하다가 같이 고변이라 부르기 시작했다. 꽤 사랑스러운 어감이었다.

고변은 적절한 나이에 사법고시를 패스했고 적절한 성적으로 연수원을 마쳤으며 적절한 규모의 로펌에 들어갔다. 두살 차이가 나는 강릉 출신 동료 변호사와 스물여덟살에 결혼을 하고 스물아홉살에 아기를 낳았다. 두 사람은 아기를 낳자마자 강릉으로 돌아왔다. 그러니까 2003년 강릉 시내 여고 졸업생 중 가장 수재와 2001년 강릉 시내 남고 졸업생 중 가장 수재가 결혼을 해서 고향으로 돌아와 변호사 사무실을 개업한 것이었다. 엄마는 고변이 자랑스러워 죽을 것 같은 얼굴이었다.

엄마는 아빠의 아침밥을 후다닥 차려주고선 그들이 출근하기 전에 달려가 초인종을 눌렀다. 그리고 아기를 받아 안았다. 고변과 형부가 말려도 엄마는 그들 집 빨래며 반찬을 모조리 해결해주었다. 뒤편 발코니 한 귀퉁이로 바다가 손바닥만 하게 보이는 고변네 서른두평 아파트는 엄마 손길로 늘 반짝반짝했다.

"고변이 30개월 넘으니까 딱 한글을 읽더라고. 가르치긴 누가 가르쳐? 저 혼자 깨쳤지. 모르긴 몰라도 니 형부도 비슷했을 거야. 사시를 두번 만에 붙는 사람이 어딨겠니? 고변도 네번이나 떨어졌는데. 그러니 요 새끼는 얼마나 똑똑할꼬? 아이고야, 내가 오래 살아서 요 새끼 공부 잘하는 거 다 봐야 하는데."

이제 백일을 갓 넘긴 아기를 어르는 엄마 때문에 아빠와 내 꼬락서니는 점점 볼품없어졌다. 호두와 꿀을 넣어 반들반들하게 볶은 멸치는 맛만 보았는데 어느새 고변네 냉장고에 들어가 있었고 불고기를 재는 걸 보고 신나봐야 한번도 밥상에 올라오지 않았다. 집 앞에 온 트럭에서 보드라운 수수빗자루를 사놓았는데 돌아보면 없었다. 엄마는 그걸로 고변네 발코니를 쓸고 있었다. 세탁기에서 빨래를 꺼내면 엄마는 바로 빨랫줄에 널지 않았다. 젖은 것들을 착착 개어 수건으로 감싼 뒤 발로 꾹꾹 눌러 밟으면 빨래는 다림질이라도 한 듯 예쁘게 말랐다. 형부는 서랍장 안에서 팬티를 꺼낼 때마다 고변에게 "장모님은 팬티도 다리셔?" 묻는다고 했다. 아빠와 나는 갈아입을 팬티가 없을 지경이었다. 나는 뾰로통해져서 세탁기를 돌리고 컵라면 물을 올렸다. 아빠는 식성이 단순한 사람이어서 청양고추 가늘게 썬

걸 딱 세조각만 넣어주면 컵라면에 밥 반 공기를 말아 잘도 먹었다. 김치 없이도 말이다. 그러니 엄마가 마음껏 우리를 버리고 고변네 집 살림을 맡은 것이겠지만. 내가 그 무렵 강릉에 잠깐 가 있었던 건 이유가 있었다.

인터뷰를 할 때마다 가장 먼저 듣는 질문은 이거다.

"시나리오 작가셨잖아요, 원래는."

나는 *끄덕끄덕*, 밝게 웃어 보인다. 마치 영화판 생활이 아주 즐거웠던 사람처럼 말이다.

"몇년이나 영화를 하신 거예요?"

잡지 인터뷰는 스무번쯤 했을 것이고 신문 인터뷰는 서너번, 그 외 웹진이나 북콘서트 인터뷰 등이 있었지만 그 질문에 대한 내 대답은 중구난방이었다. 어떤 날에는 12년이라 대답하기도 했고 어떤 날에는 6년이라 하기도 했으며 뭐랄까, 기분이 조금 가라앉은 날에는 3년이라 대답한 적도 있다. 어처구니없겠지만 모두 틀린 대답은 아니다.

대학을 막 졸업했던 나는, 흐지부지 살고 있는 영화감독 지망생 선배가 소속된 흐지부지한 영화사엘 들어갔다. 딱 보아도 흐지부지했다. 두세명이 사무실에 앉아있었지만 그들은 자신이 무슨 일을 하고 있는지도 모르는 듯했다. 개봉을 앞둔 다른 영화사의 영화를 씹거나 유명 감독의 사생활을 저만 알고 있는 듯 떠벌이거나 아직 나오지도 않은 시나리오의 캐스팅을 쓸데없이 고민했다. 나는 그다지 영악한 졸업생이 아니었으나 한가지만은 분명히 알 수 있었다. 여기 있다가는 나도 흐지부지하게 인생을 낭비하게 되겠구나.

출근하고 6개월이 지났지만 나는 아무 일도 하지 않고 있었다. 누구도 나에게 일을 시키지 않았기 때문이었다. 당연히 월급도 주지 않았다. 하는 일이 없었기 때문에 나도 돈을 달라 말할 수 없었다. 일주일 넘게 출근을 하지 않아도 나무라는 사람이 없는 영화사 생활이 미치게 재미없어서 사표를 냈다. 영화사에는 사표 양식이 없어서 친구네 회사 서류를 얻어다 베껴 만들었다. 대표가 하도 출근을 하지 않아 그냥 아무에게 내밀었다. 사표를 돌려보던 그들 중 한 명이 말을 던졌다.

"김감독님이 너 중국 데려간다던데?"

나는 눈이 동그래졌다. 중국이라니. 여태 비행기도 타본적 없는데.

"중국 올 로케로 찍는다고 박피디랑 김감독님이랑 바쁘더만."

나는 얌전한 고양이처럼 도로 사무실에 붙박였다. 사람들이 내 사표를 어디에다 두었는지 찾을 수 없어 마음이 조마조마했지만 곧 잊었다. 한달 반을 더 뭉개고 나니 김감독이 나를 불렀다.

"고작가는 열하일기 읽었죠? 박지원, 연암 박지원. 바로 그 열하일기. 그 코스 그대로 그대로 쭉 따라가면서 찍을 거야. 어때, 고작가님, 관심 있어?"

열하일기를 쓴 이가 연암 박지원이라는 것도 간신히 떠올렸다. 물론 읽어본 적은 없었다. 하지만 나는 열하일기를 여덟번은 읽은 사람의 표정을 지어 보였다. 집에 가는 길에 사서 읽어야지.

"참, 중국어는 좀 하나? 시나리오 작업부터 중국서 하게 될 것 같은데?"

엄마에게 당장 전화를 걸었다. 엄마는 뱅뱅사거리의 원룸 월세에다 생활비까지 보태어 송금해주고 있었다.

"나 중국어학원 끊어야 해."

"중국어는 왜?"

"10만원씩만 더 보내줘."

"너는 돈을 벌러 회사엘 다니냐, 아니면 돈을 쓰러 다니냐?"

"그럼 회사에다 내 학원비까지 달라 그래?"

"누가 학원비를 달래? 월급이나 내놓으라 그래!"

엄마 말은 틀리지 않았지만 그렇다고 시나리오 한줄 쓴 적 없는 내가 시나리오 작가 월급을 챙겨달라 말을 하는 것도 이상했다. 엄마를 조르는 편이 더 합리적이었다.

중국어학원을 띄엄띄엄이기는 해도 세달이나 다녔는데 김감독은 중국행 비행기표를 내놓지 않았다. 그는 탤런트 출신이었다. 탤런트 출신이라고? 하면서 곰곰 얼굴을 쳐다보면 아, 언젠가 본 것 같기도 해, 딱 그 정도였다. 50대 초반의 탤런트 출신 그가 영화에 입봉한다는 것 자체가 허무맹랑한 일이라는 것을 스물네살의 나는 전혀 몰라서 하염없이 기다렸다. 사무실에 죽치고 있는 몇 외에 하릴없이 놀러오는 몇몇도 있었는데, 그들 중 아무도 나에게 제대로 된 충고 따위 해주지 않았다. 썩을 녀석들.

여섯달이 지나고 1년이 지나도 열하일기는 진행되지 않았다. 쌍소리 한번 퍼붓고 영화사를 나올 생각도 여러번 했지만 박차고 나와봤자 갈데없는 백수 처지였다. 그렇게 거지 같은 영화사에서 아무 일도 하지 않으며 몇년을 보내고야 말았다. 굳이 무언가 한 일을 꼽으라면 열하일기를 두번 완독했다는 것. 인생을 이런 식으로 낭비할 수도 있다는 사실이 놀라울 뿐이었다.

그러고 나면 정신을 좀 차릴 법도 한데 나는 또 영화사엘 들어갔다. 더 나을 것 없는 곳이라는 걸 금세 깨달았다. 가끔 친구나 후배들을 만나 "너희들은 영화판 근처에도 가지 마. 인생 종나." 충고를 하기도 했지만 모두 나처럼 한심한 영화사에 들어가는 건 아닌 모양이었다. 친구들은 말짱한 영화사에서 정상적인 계약금을 받으며 일했다. 내가 늘 어놓는 이야기들은 시답잖았고 나는 자꾸 촌스러운 여자가 되어갔다.

원룸 월세가 올랐지만 엄마에게 말을 할 수가 없었다. 나는 같은 건물의 반지하로 방을 옮겼다. 엄마가 보내준 돈으로 아이스아메리카노 한잔을 마시며 홀짝홀짝 울었다. 반지하로 방을 옮긴 걸 엄마에게 들키면 당장 강릉집으로 끌려갈 것이었다. 엄마는 다른 건 몰라도 반지하만은 용납하지 못했다.

"땅속 지하방에 처박을라고 딸년 키운 줄 알아? 미쳤
어?"

반지하로 옮길까 생각 중이라는 말을 꺼내자마자 엄마
는 펄쩍 뛰었다. 알뜰살뜰 살아 두 딸 곱게 키웠다는 말을
생애 최고의 칭찬으로 아는 엄마였다. 얼마 안 가 본격적
인 영화작업에 들어가고 계약금과 고료를 받으면 다시 방
을 옮겨야겠다 생각했다. 반지하에는 살아본 적도 없는, 말
갛고 고운 얼굴로 시치미를 떼야지, 생각했다. 행운의 신이
영영 내 편에 서지 않아 그런 날이 오지 않는다면, 어찌어
찌 밥벌이는 좀 하는 녀석과 사랑에라도 빠질 수 있기를 바
랐다. 하지만 그런 녀석을 만나기도 전에 나는 엄마에게 반
지하방을 들키고야 말았다.

죽어도 강릉집으로 내려가지 않겠다고 고집을 부렸지만
막상 아빠 차에 강제로 실려 대관령을 넘어가면서 나는 안
도했다. 먹을 것이 늘 가득한 냉장고와 널찍한 발코니에서
빠닥빠닥 잘 마른 이불이 있는 곳, 그리고 전기요금 걱정하
지 않고 밤새 불을 켜둘 수도 있고 심지어는 에어컨도 켤

수 있는 곳, 그곳으로 간다는 사실에 나는 은근히 뺨이 달아올랐다. 착실하게 공부시켜 변호사로 만들어놓은 큰딸이 막 아들을 낳아서 엄마는 백수 둘째 딸이 집에 얹혀도 아주 낙심하지는 않았다. 그래서 나는 한참을 강릉집에서 지냈다. 가지 말았어야 했는데, 그걸 몰랐다.

"길어야 세시간 반이야. 깨서 울면 분유 주고. 딱 세시간 반만 봐."

엄마가 옷을 갈아입으며 말했다. 아무래도 상갓집에 얼굴은 비추어야 한다는 거였다. 나는 짜증을 냈다.

"나 요즘 진짜 우울하다니까? 이러다 내 인생 그냥 쫑날 것 같고."

엄마는 콧방귀를 뀌었다.

"내일부터 우울해. 오늘은 애기 보고."

"엄만 내 말이 말 같지도 않지? 내가 백수라서 그러지?"

나는 하드를 줄줄 빨며 반항했다. 엄마는 나를 고변네 집에 들여놓고 이것저것 물건들의 위치를 알려준 다음 에어컨 리모컨을 쥐여주었다.

"애기 잘 봐."

내가 그날 실제로 우울했던 것 같지는 않다. 나는 내 마음대로 에어컨의 온도를 높였다 낮추었다 하면서 방바닥을 굴렀고 아기는 크게 칭얼대지 않았다.

강릉에 와서 한 일이라고는 날짜를 센 것뿐이었다. 몇곳의 영화사에 시나리오를 보냈고 그들은 내 시나리오를 읽었다. 그리고 나에게 전화를 걸어왔다. 당장 서울로 돌아와 계약하자 말하는 대신 "언제 한번 밥이나 먹죠."라는 이상한 말만 했다.

"밥 먹잔 말은 대체 뭐야? 왜 나더러 밥을 먹자는 거지?"

하도 답답해 나는 막 첫 영화를 올린 시나리오 작가 친구에게 전화를 걸었다.

"영화를 만들기엔 재미가 없고 버리기엔 좀 아깝다, 그런 거지."

"나한테 돈 줄 생각은 없단 거지?"

"물론이야."

진작 물어볼걸. 이토록 명쾌한 대답이었는데 나는 진짜 밥을 먹으러 서울에 가야 하나 고민을 하고 있었던 것이다.

아기침대는 고변 부부의 침대와 붙어있었다. 그래도 남의 침대에 누울 수는 없어 아기침대 바로 아래 베개를 가져다놓고 바닥에 누웠다. 거위털인가, 폭신한 베개 감촉이 말도 못하게 좋았다. 나도 결혼하면 거위털 베개를 사야지. 살살 졸음이 왔다. 나는 커서 뭐가 될까. 스물일곱살이 이런 고민을 하는 것이 한심했지만 그렇다고 해서 우울하다거나 한 것은 아니었다. 하지만 나는 그날 이후로 잔뜩 우울해져야 했다.

　까물까물 잠이 들려던 순간 아기가 몇 번 캑캑, 가쁜 소리를 냈다. 조금만 더 캑캑거리면 일어나서 들여다봐야지 했는데 곧 조용해졌다. 아기가 언제 다시 캑캑거릴까 생각하느라 나는 잠이 깼다. 그래서 이제껏 나를 거절한 영화사들을 하나씩 떠올렸다. 엄청난 시나리오를 써서 그들이 계약금을 싸 들고 나를 찾아와 구걸하는 상상을 하기도 했고 시나리오는 이제 때려치우고 방송작가가 되어볼까 하는 생각을 하기도 했다. 스물일곱이 무언가를 다시 시작하기에 늦은 나이인 건지 괜찮은 나이인 건지 알 수가 없어 머리가 복잡했다. 한달에 300만원을 버는 남자들은 왜 나를 사랑하지 않는 걸까, 생각하기도 했다가 그딴 생각이나 하고 있는 스스로가 한심해 혼자 으르렁거렸다.

그러느라 나는 거위털 베개를 껴안고 차가운 방바닥에 누워 있었다. 이 거위털 베개는 한개에 얼마일까? 에어컨이 달린 작은 서울 원룸만 엄마가 얻어준다면 무얼 해도 다시 할 수 있을 것 같다는 낙천적인 예감이 들기도 했다. 그러니까 나는 아기침대 아래에서 온갖 기쁘고 즐겁고 슬프고 괴롭고 비관적이고 낙관적인 생각을 한번씩 떠올린 셈이다.

그리고 일어나보니 아기가 침대 모서리에 얼굴을 처박고 있었다. 무슨 일이 일어난 건지 나는 한참이나 알 수가 없었다.

엄마가 병원 복도에서 비명을 지르다 쓰러지는 모습은 보았지만 나머지 가족들이 무엇을 하고 있었는지는 모르겠다. 나는 달달 떨려오는 턱을 손을 들어 붙잡았다. 젊은 경찰은 정중한 목소리로 나에게 물었다.

"애기가 아무 소리도 내지 않았던 게 확실해요? 뒤척이는 소리도 없었고요?"

그는 경찰놀이에 빠진 어린 소년 같기도 했다.

"평소에 말예요, 언니랑은 사이가 좋았나요?"

나이 많은 경찰이 와서 그를 밀쳤다. 나는 누가 와서 묻건 똑같은 대답을 했다. 아무 소리도 듣지 못했고 그냥 아기가 자는 줄로만 알았다고. 나는 우울했기 때문에 그냥 침대 아래에서 이런저런 생각에 빠져 있었다고…… 저는 아무것도 몰라요. 정말이에요.

　아기가 가쁜 숨을 몇번 캑캑거렸다는 사실은 말하지 않았다. 엄마에게도.

　엄마는 에어컨이 달린 작은 서울의 원룸을 얻어주었다. 월세도 아니고 전세였다. 아기의 장례가 끝나자마자 엄마는 나를 서울에다 꽁꽁 숨겨두고 나 대신 형부와 고변 앞에서 빌었다.

　"괜찮대. 너 원망 안 한대. 애기 명이 그뿐이라 생각한대. 그러니 너도 언니랑 형부한테 잘하면서 살아. 지금은 말고. 아주 나중에 잘해."

　엄마는 늦은 밤 전화를 걸어와 그렇게 말했다. 에어컨이 달린 작은 원룸에 살면 뭐든 다 할 수 있을 것 같았는데 나는 귀양이라도 온 사람처럼 극도로 외로웠다. 강릉으로는 차마 발걸음이 떨어지지 않았고, 또 아무도 나를 기다리지 않았다.

고변의 임신 소식이 들려오기를 바랐지만 그런 일은 일어나지 않았다. 몇년 지나자 마치 그 일은 없었던 일 같았다. 누구도 말을 꺼내지 않았다. 나는 1년에 한번, 2년에 한번쯤 강릉엘 갔고 고변 부부와 밥을 먹기도 했다.

"시호 너는 결혼 안 할 거야?"

고변이 물으면,

"결혼은 무슨."

대수롭지 않다는 듯 대답했다. 내가 결혼을 하고 아기를 낳고, 그렇게 사는 모습을 고변에게 보여서는 안 될 것만 같았다. 그래서는 안 될 일이었다. 언니의 상실감을 지켜보는 일은 나에게도 고통이었고 엄마도 아빠도 마찬가지여서, 우리는 세상 모든 아기에게 무심해졌고 아기들의 어떤 재롱에도 반응하지 않았다. 거위털 베개를 껴안고 20분쯤 게으름을 피운 대가는 정말이지 잔혹했다. 나는 지금도 차가운 방바닥에 요 없이 누울 수 없다. 머리 위에서 캑캑, 아기의 가쁜 숨소리가 들려올 것만 같아서 말이다.

"고변한텐 말 안 했지? 결혼하겠다거나 뭐 그런?"

엄마가 물었다. 또 서러워졌다.

"엄마는 나를 용서한 적이 한번도 없었어."

"쓸데없는 소리하고 자빠졌네, 정말."

"아냐, 엄마도 언니도 나를 용서 안 했어."

"시끄러워."

엄마는 내 결혼이 고변에게 괜한 자극이 되지 않기를 바랐다. 8년이 훌쩍 넘은 일이지만 행여 내 임신 소식이 고변 부부의 가슴을 긋는 칼날이 될까봐 엄마는 조마조마했다. 그러면서도 그 마음을 나에게 들킬까봐 또 애면글면했다. 엄마가 내놓은 합의안은 이러했다.

"그래, 결혼은 해. 니가 하겠다는데 내가 어떻게 말려? 그런데, 애는 안 돼. 남부끄러워. 나중에 결혼하고 나서 천천히 가져. 배불러서 결혼은 절대 안 돼."

나는 픽 웃어버리고 말았다.

"엄마, 농담해?"

"싫으면 관둬. 나도 여기까지야."

그날 고변에게 전화를 건 것은 엄마에게 잔뜩 오른 서러움을 삭일 길이 없어서였다. 나는 수건 하나가 푹 젖도록 혼자 눈물바람을 하다 고변의 번호를 눌렀다. 자다 깬 모양이었다.

"언니, 나 결혼하려고."

"잘됐네. 축하해."

싱겁다. 남 같다.

"아기를 가졌거든."

"어머, 더 잘됐네."

네 인생에 별로 관심 없어,라는 듯한 무감한 목소리.

나는 아주 격렬하게 고변이 미워졌다. 참 뻔뻔도 하지. 백년을 넘게 미안해도 더 미안할 것이 남아있어야 하는데, 내가 고변을 미워하다니. 제정신이 아닌 거야.

"정말 잘된 일이라고 생각해?"

하지만 너무 미안하면 미워지기도 한다는 아주 단순한 사실을 나는 곧잘 잊고 까불었다. 고변이 대답했다.

"응."

나는 잠깐 침묵했다.

스물일곱살, 그 일 이후 나는 어떻게 살았더라. 고변 소식만 전해 들어도 마음이 먹먹해서 제대로 귀를 열 수 없었던 시절을 지나, 쑥스러운 듯 한번씩 문자메시지를 보내거나 짧은 전화를 하기 시작했다.

아기를 더 안 가지는 것인지 못 가지는 것인지는 물어볼 수 없었다. 형부와 둘이서만 사는 삶이 어떤지도 물어보지 못했다. 완도로 취재를 가면 고변 집으로 전복을 보내주고 서산으로 가면 간장게장을 보내주었다. 그런 식으로 겨우 안부를 전했다. 오래도록 소식이 오가지 않아도 이상할 일이 아니었다. 우리는 서로에 대해 아는 것보다 당연히 모르는 것이 더 많았고 엄마는 그것이 도리어 낫다고 생각했다. 고대리와 고과장의 이야기를 책으로 낸 것은 나에게 있어 속죄 같은 일이었다. 언니가 잃은 것을 내가 갖지는 않겠다는 마음, 그것이었다.

그런데 그런 내 마음도 몰라주고 저렇게 차가운 대답만을 내어놓다니.

"어떻게 언니는 그래?"

울음이 비죽비죽 새어 나왔다.

"뭐가?"

"언니나 엄마나…… 한번도 나를 용서하지 않았어. 가만히 지켜보면서, 정말이지 너그러운 얼굴로, 저년 어찌 사나 지켜보면서…… 나를 죽도록 미워만 하고 있었던 거야."

"그래서?"

차가운 방바닥에 떠밀린 것처럼 나는 등이 서늘했다.

그래서? 고변의 이런 목소리는 들어본 적이 없었다. 나는 갑자기 주눅이 들어 전화를 건 것을 벌써 후회하기 시작했다. 그래도 나는 용기를 내어 더 떠들었다. 머저리.

"나 한번도 용서한 적 없었던 거지? 죽도록 나를 미워한 거지? 버러지 같은 년이 그 어린 걸 죽였다고, 가슴을 탕탕 쳤었지?"

"시호야."

나는 빠르게 대답도 하지 못했다. 언니가 다시 불렀다.

"시호야…… 이 씨발년아."

눈물이 터져버렸다. 괜한 전화를 한 거다. 무릎에 얼굴을 묻었다.

"너는, 너는 나한테 제대로 사과를 한 적 있니? 용서해달라고 제대로 말해본 적 있니? 맨날 엄마 뒤에 숨어서 징징 울기나 했지, 나하고 형부한테 정말 미안해한 적 있니? 니 조카한테 정말 미안하기나 했니?"

나는 미안했다. 정말 용서를 빌고 싶었다. 밤이고 낮이고 찾아오는 조카의 환영 때문에 살 수 없을 것 같은 날도 많았고 어떻게든 칵 죽어버리고 싶은 마음이 든 적도 숱했다.

말을 할 수 없었던 것뿐이다. 하지만 지금도 차마 입이 떨어지지 않았다. 모두 구차한 변명 같았다. 내 말을 고변이 믿어줄 것 같지 않았다.

"이 씨발년아."

나는 고변이 씨발년이라는 단어를 쓸 줄 안다고 생각해본 적이 없었다.

"왜 너는 나한테 사과를 안 하니? 그러면서 왜 내가 너를 용서하기를 바라니? 왜 모두들, 내가 너를 용서하지 않을까봐 애를 태우니? 왜 나만 그래야 하니, 응? 시호야, 왜들 그러는 거니?"

고변은 지금 어디에서 전화를 받고 있는 것일까? 자정이 넘은 시각이었다. 고변 부부는 아기가 죽은 뒤 집을 옮겼다. 나는 그들의 새집에 가본 적이 없다. 마흔일곱평 아파트라는 이야기만 엄마에게 전해 들었고 몇년 전 산 초콜릿색 가죽소파가 그렇게 우아하다고 했다.

고변은 초콜릿색 가죽소파에 등을 대고 앉아 나에게 씨발년이라 욕을 하고 있는 걸까? 아니면 형부가 행여 들을까 발코니에 나가 밤바람을 맞고 섰을까? 이사한 아파트의 발코니에서도 강릉 바다가 한줌 보일까?

그동안 나에게 사과하지 않은 숱한 사람들을 떠올렸다. 중국에 데려가겠다 해놓고서 질질 끌기만 했던 김감독과, 그 영화는 이미 물 건너갔다는 사실을 다 알면서도 나에게만 일러주지 않은 사무실 사람들과, 적어도 돈은 제대로 주는 영화사에 자리가 났는데도 나에게 끝내 모른 척했던 동기 녀석과, 일러스트 값을 그딴 식으로 퉁쳐도 되냐며 C와 나 사이를 이간질했던 선배 언니까지 말이다. 그들은 왜 나에게 사과를 하지 않았을까? 나는 고변에게 왜 사과를 하지 않았을까? 내 두려움과 미안함이 어느 날 고변에게 날아가 닿을 것이라고, 도대체 무슨 근거로 그리 생각했던 것이었을까?

"언니야."

나는 겨우겨우 말했다.

"정말 미안해. 용서해 줘. 내가 정말 잘못했어, 언니야."

전화기 너머에서는 아무 소리도 들려오지 않았다. 그리고 끊겼다. 나는 거실 바닥에 주저앉았다. 허엉허엉, 나도 들어본 적 없는 커다란 통곡 소리가 들려왔다. 그 소리를 내고 있는 사람이 나라는 것이 잘 믿어지지 않았다. 원재가 곁에 없는 것이 다행이었다. 이런 울음소리를 내는 여자와는 별로 결혼하고 싶어질 것 같지 않았다.

결혼 준비를 하면서 원재와 나는 숱하게 싸웠다. 이러고도 과연 우리가 같이 살 수 있을까 싶을 정도였다. 어찌 되었든 끝장은 나지 않았고 배가 불러올까봐 우리는 재빠르게 식을 치렀다. 남부끄럽던 엄마가 친척들에게 임신 소식을 다 알리는 바람에 신부대기실에 온 이들은 눈을 찡긋거리며 내 등짝을 한번씩 치고 갔다.

고변은 한복을 예쁘게 차려입었다. 그날 밤의 통화 이후 고변과 나는 더 긴말을 하지 않았다. 하지 못했다. 아마 죽을 때까지 마주앉아 쉼 없이 이야기를 나눈다 한들 속엣것들을 남김없이 들킬 수는 없을 것이다.

출판사에서는 고대리 3탄이 물 건너갔다는 사실에 몹시 실망한 눈치였다. 축의금은 들고 왔지만 아무래도 당장 추석 선물이 끊길 것 같다는 예감이 들었다. 출판사에서 과일 박스를 보내주지 않으면 먹을 일도 잘 없는데.

나는 아직 고대리 아니 고과장과 이별을 하지 못했다. 그러고 보면 내가 영 뭉그적대는 성격인지도 모르겠다. 더디고 느리고 모자란 사람. 꽉 조인 드레스 속 배가 무지근했다. 하지 못한 말들이 뱃속에서 이끼처럼 자라고 있어선지 아기 때문에 답답해서인지 나는 그것도 구분할 줄 몰랐다.

작가의 말

김서령

전작은 산문집이었는데 제목이 《에이, 뭘 사랑까지 하고 그래》였다. 얼핏 사랑 따위 우습게 생각하는, 새침한 책 같겠지만 실은 아니었다. 그 책을 읽은 독자들은 "속았잖아! 알고 보니 이 작가, 완전 사랑쟁이였어! 아무나 다 사랑을 해!" 그랬다. 속여먹을 작정을 한 건 아니었는데 어쩌다 보니 그렇게 되었다.

고백하자면 나는, 이왕 한번 산책 나온 생애, 사랑받고 사랑하고 남은 사랑 뚝뚝 흘리며 낄낄낄 웃어보자는 낙관주의자다.

생각과 실전은 달라서 사실 사랑엔 영 젬병인데, 겁도 없이 소설집 제목을 《연애의 결말》이라 붙였다. 내가 연애에 대해 무얼 안다고. 게다가 결말이라니. 끝장을 본 연애가 있기는 했던가. 언제나 어설프게, 뒤에 서서 웅얼웅얼 미련만 들켰으면서.

작정하고 그런 건 아니지만 여섯편의 소설 모두 결혼 이야기가 섞였다. 《연애의 결말》이라 제목을 붙인 건 그 때문이었다. 긴 연애 끝에 더는 할 게 없어서 하는 결혼, 서로가 구원인 줄 알았으나 아니라는 것을 곧 깨달아 접어버린 결혼, 백번 양보해 사랑까진 한다 쳐도 그게 같이 살기까지할 일인지는 몰라 골치가 아픈 결혼. 어떤 결혼은 허랑방탕하고 어떤 결혼은 공연히 애틋하고 어떤 결혼은 '연대'여서, 내 여섯편 주인공들은 소설이 끝난 다음에도 여전히 처연하다. 그들은 몽땅 나를 닮아 때로 안아주고 싶기도, 미워지기도 했다.

내가 만들고서 예뻐하고 가여워하고 미워하기까지 하다니. 그리고 보면 소설가란 참 맹랑한 직업이다.

그렇기에, 내게 기억을 안겨준 당신들에게 고맙다는 인사를 전한다. 내 소설들은 모조리 당신들과의 기억에 기대었다. 당신이 없었다면 쓸 수 없었을 것들이다. 「어떤 일요일에 전하는 안부 인사」와 「베티의 마지막 파티」가 특히 그러하다. 월급날이면 자갈마당의 그녀를 만나러 갔던 조부장은 실제 내 나이 스물여덟살에 만났던 이다. 이후 어떤 소식도 전해 듣지 못했지만 언젠가 우연히라도 마주친다면 우리 손 반짝 들어 인사해요. 부디 지금은 안전한 사랑을 하는 중이기를 바라고 있어요. 가로수길 카페 베티 역시 그립디그리운 곳이다. 그곳을 드나들던 영화거지, 음악거지, 작가거지들. 애정만 그대로 두고 나머지는 다 허구다. 그러니 나에게 따지지 말아주세요. 정말이에요. 엉뚱하고 해맑았던 당신들에 대한 애정만 전하려고 한 거예요.

여러권의 책을 냈지만 맨 앞장에 헌사를 넣은 건 처음이다. '내내 반짝이고 반짝일 나의 우주에게'라고 썼다. 우주는 이제 막 여섯살이 된, 그러니까 고작 만 네살인 나의 딸이다. 우주는 주정뱅이 노처녀 소설가를 엄마로 변신하게 했다. 그건 몹시 놀랍고 신비로운 일이었다. 어쩔 줄 모르는 내 사랑을 고백 좀 하고자 헌사를 넣고 나니 작가란 이름으로 시건방을 떤 것 같아 마음이 편치 않았다. 그래서 대신 해설과 발문, 추천사를 모두 뺐다. 그런 것 없이 책을 내는 일이 처음이라 귀걸이 하나 없이, 립스틱도 바르지 않고 파티장에 가는 기분이다.

그래도 뭐, 수수하게 독자들과 인사를 나누어야지. 여태 그래왔잖아. 애초 귀걸이와 립스틱이 어울리지도 않는 사람이면서.

지난 책 작가 후기에서, 나는 소심한 작가라 몰래몰래 내 책의 블로그 리뷰를 찾아 읽는다는 소릴 했다. 얼마 지나지 않아 어느 블로그 리뷰 말미에 이런 글이 올라왔다. "그럼 작가님이 제 블로그도 몰래 보고 계시려나요?" 나는 정말 까르르 웃어댔다. 좋아한다 먼저 말 꺼내고선 냅다 달아나버리는 어린애처럼 얼굴이 빨개져갖고는 담요를 돌돌 말고 굴렀다. 몇번이나 댓글을 달고 싶어 손가락이 저절로 꿈지럭거렸지만 겨우 참았다. 아무래도 주접일 것 같아서였는데 지금 와 후회가 된다. 솔직하게 말할걸. 훔쳐봤다고. 옛 남친 인스타그램을 훔쳐보는 것도 아닌데 뭐가 그리 부끄럽다고.

아마 이 책을 낸 후에도 나는 몰래몰래 블로그 리뷰들을 훔쳐보게 될 것이다. 역시 소심하게 댓글을 남기진 못하겠지만 미리 말할게요. 읽어주셔서 고맙습니다. 진심이에요. 잘했건 못했건, 나는 앞으로도 오래 이러고 있을 것 같아요. 책 내고 부끄러워하고, 책 내고 부끄러워하고, 그러면서요.

작가의 말

제딧 | 일러스트레이터

낙엽이 물드는 가을부터
목도리를 여미는 겨울까지,

평범한 듯 평범하지 않은 일상들이 담긴 이야기와 마주
앉아 조근조근 대화를 나누며 그림을 그렸습니다.

소설을 읽을 때마다 누군가의 생애를 가만히 지켜보는
기분입니다. 글을 읽고 그림을 보는 우리도 어쩌면 소설 속
주인공일지 모른다는 생각이 드는 새벽이네요.

폴앤니나 소설 시리즈 003
연애의 결말
ⓒ김서령/제딧 2020

초판인쇄 2020년 1월 31일
초판발행 2020년 1월 31일

지은이   김서령
그린이   제딧
책임편집   이진
편집   오윤지
디자인   원혜민 이시호
제작   최지환
제작처   영신사

펴낸곳   폴앤니나
출판등록   2018년 3월 14일 제2018-09호
주소   12777 경기 광주시 순암로36번길 87
전화   070-7782-8078
팩스   031-624-8078
대표메일   titatita74@naver.com
홈페이지   www.paulandnina.com
블로그   blog.naver.com/paul_and_nina
페이스북   www.facebook.com/paul2nina
인스타그램 @titatita74

ISBN   979-11-967987-3-4   03810